泰戈爾詩集

林郁 主編

U0084523

關於・泰戈爾

羅賓德拉納特・泰戈爾是一九一三年諾貝爾文學獎得主。他的得獎評語為──

由於他那至為敏銳、清新與優美的詩；這詩出之以高超的技巧，並由他自己用英文表達出來，使他那充滿詩意的思想業已成為西方文學的一部分。

而泰戈爾則是拍了一個電報給學院，除了表明由於「半個地球的遙遠距離」，無法親往領獎外，還說：「我懇求向瑞典學院，表達對那寬大之了解的感謝與領受；這了解將遠的接近了，也使陌生人變成了兄弟。」

泰戈爾在一八一六年誕生於孟加拉，這裡正是傳教先鋒凱瑞許多年前做過不懈努力的地方，此地是英印最早的一省。泰戈爾是一個受尊敬的家族的後裔，這個家族在許多方面都也已證明了心智能力的傑出。泰戈爾在幼年與青年時期的成長環境絕不是未開化的，或對他的世界觀與生命觀有所阻礙的。在他

的家庭裡，不但對藝術有高度的教養，並對祖先的智慧與探討精神深為尊敬，將祖先留下的經文用於家庭崇拜。在他的周圍也醞釀著一種新的文學精，有意識的要伸向人民，使這種文學得以體認人民生活的需要。

他的父親是一個宗教團體最熱切的份子之一，也是其中的領導之一。這個團體名叫Brahmo Samaj，它不是古印度形態的教派，它的目的不是在提倡對於某個神的特別崇拜，視之為超乎其他眾神之上。它的創始者是十九世紀一位啟蒙過的、有影響力的人，這位人士研習過基督教、猶太教和回教，而深受這些宗教教義的影響。他致力於將自古沿傳下來的印度賦以一種解釋，使此種解釋跟他所領會基督教精神與精義相吻合。

泰戈爾為執行他生命的工作，自己具備了多方面的文化，不僅是印度的，也包含歐洲的，並因在國外旅行和倫敦的求學而擴充與成熟。少年時，他在本國廣泛旅行，陪伴他的父親，甚至遠至喜馬拉雅山。他開始用孟加拉文寫作的時候還相當年少，他寫散文、詩、抒情詩與戲劇。

他除了對本國的一般人民做過描寫之外，還在不同的著作中探討文學批評、哲學與社會學的種種問題。有一段時期，他忙碌的活動曾經中斷過，因為那時他感到必需依照他民族久遠的傳統，做一段時間的隱遁沉思的生活，於是他坐船漂浮在聖河恆河的支流中。同返規律生活之後，他的聲譽在他的人民之間日益鵲起，因為他是智慧優異而貞潔虔敬的人。他的孟加拉西方創立了露天學校，在芒果樹下授課，許多青年學子受教之

後，忠心的將他的教訓傳遍了全國。

　　不論在什麼地方，凡是泰戈爾遇到可以把心靈打開以接受他的高超教訓的，都受到了適當的接待，把他視為福音的受惠者，而這種福音是用一種通俗易曉的語言中表達出來、從那東方的寶藏裡透露出來的；這東方的寶藏的存在久來已經在我們推測之中。

　　西方世界對工作有一種盲目崇拜，這崇拜是出於樊籠似的城市生活的產物，並受到不安定的、競爭劇烈的精神的滋養：西方人征服自然，因為他們喜好利益，喜好求取所得，誠如泰戈爾所說，「就好像我們是生活在一個敵意的世界中，必須把我們想要的每樣東西，從一種不願意給予我們的、跟我們有敵意的安排中攫取出來一樣」；西方人所過的是種種令人疲乏的匆忙生活；泰戈爾提供於吾人面前的，則是與此相對的男一種文化，這個文化，在印度廣大的、平靜的、奉為神聖的森林中達到了完美境界，這個文化所尋求的靈魂的恬靜和平，與自然本身的生命日益和諧。

CONTENTS

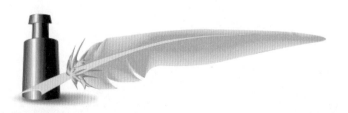

PART 1

飛鳥集

1

夏天的飛鳥，飛到我窗前唱歌，又飛去了。
秋天的黃葉，它們沒有什麼可唱，
只嘆息一聲，飄落在那裡。

2

世界上的一隊小小的漂泊者呀，
請留下你們的足印在我的文字裡。

3

世界對著它的愛人，把它浩瀚的面具揭下了。
它變小了，小如一首歌，小如一回永恆的接吻。

4

是大地的淚水，使她的微笑保持著青春不凋謝。

5

廣漠無垠的沙漠熱烈地追求著一葉綠草的愛，
但她搖搖頭，笑起來，飛了開去。

6

如果錯過了太陽時你流了淚，那麼你也要錯過群星了。

7

跳著舞的流水呀，在你途中的泥沙，
要求你的歌聲，你的流動呢。
你肯夾跛足的泥沙而停下麼？

8

她的熱切的臉，如夜雨似的，攪擾著我的夢魂。

9

有一次，我們夢見大家都是不相識的。
我們醒了，才知道我們原是相親愛的。

10

憂思在我的心裡平靜下去，正如黃昏在寂靜的林中。

11

有些看不見的手指，如懶懶的微風一般，
正在我的心上，奏著潺潺的樂聲。

12

「海水呀，你說的是什麼？」
「是永恆的疑問。」

「天空呀，你回答的話是什麼？」
「是永恆的沉默。」

13

靜靜地聽，我的心呀，
聽那「世界」的低語，這是他對你的愛的表示呀。

14

創造的神祕，有如夜間的黑暗——是偉大的。
而知識的幻影，不過如晨間之霧。

15

不要因為峭壁是高的，而讓你的愛情坐在峭壁上。

16

我今晨坐在窗前，「世界」如一個過路的人似的，
停留了一會，向我點點頭又走過去了。

17

這些微思，是綠葉的簌簌之聲呀；
他們在我的心裡，愉悅地微語著。

18

你看不見你的真相，你所看見的，只是你的影子。

19

主呀，我的那些願望真是愚傻呀，
它們雜在你的歌聲中喧叫著呢。讓我只是靜聽著吧。

20

我不能選擇那最好的。是那最好的選擇了我。

21

那些把燈背在他們的背上的人，
把他們的影子投到他們前面去。

22

我存在，乃是所謂生命的一個永久的奇跡。

23

「我們蕭蕭的樹葉，都有聲響回答那暴風雨，但你是誰呢，那
樣地沉默著？」
「我不過是一朵花。」

24

休息之隸屬於工作，正如眼瞼之隸屬於眼睛。

25

一個初生的孩子，他的力量，就是生長。

26

上帝希望我們酬答他的，
在於他送給我們的花朵，而不在於太陽和土地。

27

光如一個裸體的孩子，快快活活地在綠葉當中遊戲，
他不知道人是會說謊的。

28

啊，美呀，在愛中找你自己吧，
不要到你鏡子的諂諛中去找呀。

29

我的心沖激著她的波浪在「世界」的海岸上，
蘸著眼淚在上邊寫著她的題記：「我愛你。」

30

「月兒呀，你等候什麼呢？」
「要致敬意於我必須給他讓路的太陽。」

31

綠樹長到了我的窗前，
彷彿是喑啞的大地發出的渴望的聲音。

32

上帝自己的清晨，在他自己看來也是新奇的。

33

生命因「世界」的要求，得到他的資產，
因愛的要求，得到他的價值。

34

乾涸的河床，並不感謝他的過去。

35

鳥兒願為一朵雲。
雲兒願為一隻鳥。

36

瀑布歌唱道：「我得到自由時便有歌聲了。」

37

我不能說出這心為什麼那樣默默地頹喪著。

那小小的需要，他是永不要求，永不知道，永不記著的。

38

婦人，你在料理家事的時候，你的手足歌唱著，

正如山間的溪水歌唱著在小石中流過。

39

太陽橫過西方的海面時，對著東方，致他的最後的敬禮。

40

不要因為你自己沒有胃口，而去責備你的食物。

41

群樹如表示大地的願望似的，豎趾立著，向天空窺望。

42

你微微地笑著，不同我說什麼話，

而我覺得，為了這個，我已等待得久了。

43

水裡的游魚是沉默的，

陸地上的獸類是喧鬧的，

空中的飛鳥是歌唱著的；

但是人類卻兼有了海裡的沉默，地上的喧鬧，與空中的音樂。

44

「世界」在躊躇之心的琴弦上跑過去，奏出憂鬱的樂聲。

45

他把他的刀劍當做他的上帝。

當他的刀劍勝利時他自己卻失敗了。

46

上帝從創造中找到他自己。

47

陰影戴上她的面紗，祕密地，溫順地，

用她的沉默的愛的腳步，跟在「光」後邊。

48

群星不怕顯得像螢火蟲那樣而怯於亮相。

49

謝謝上帝，我不是一個權力的輪子，
而是被壓在這輪下的活人之一。

50

心是尖銳的，不是寬博的，
它執著在每一點上，卻並不活動。

51

你的偶像碎落在塵土中，
這可證明上帝的塵土比你的偶像還偉大。

52

人在他的歷史中表現不出他自己，
他在歷史中奮鬥著嶄露頭角。

53

玻璃燈因為瓦燈叫他做表兄而責備瓦燈，
但當明月出來時，玻璃燈卻溫和地微笑著，

叫明月為──「我親愛的，親愛的姊姊。」

54

我們如海鷗之與波濤相遇似的，
遇見了，走近了，海鷗飛去，
波濤滾滾地流開，我們也分別了。

55

日間的工作完了，
於是我像一隻拖在海灘上的小船，
靜靜地聽著晚潮跳舞的樂聲。

56

我們的生命是天賦的，我們惟有獻出生命，才能得到生命。

57

當我們表現大為謙卑的時候，便是我們最近於偉大的時候。

58

麻雀看見孔雀負擔著牠的翎尾，替牠擔憂。

59

決不害怕剎那──永恆之聲這樣地唱著。

60

颶風於無路之中尋求最短之路，

又突然地在「無有之國」終止它的尋求了。

61

在我自己的杯中，飲了我的酒吧，朋友。

一倒在別人的杯裡，這酒的騰跳的泡沫便要消失了。

62

「完美」為了對「缺陷」的愛，把自己裝飾得美麗。

63

上帝對人說道：

「我醫治你，所以要傷害你，我愛你，所以要懲罰你。」

64

謝謝火焰給你光明，

但是不要忘了那執燈的人，

他是堅忍地站在黑暗當中呢。

65

小草呀，你的足步雖小，但是你擁有你足下的土地。

66

小花開放了它的蓓蕾，

叫道：「親愛的世界呀，請不要萎謝了。」

67

上帝對於強大帝國會生厭，卻決不會厭惡那小小的花朵。

68

錯誤經不起失敗，但是真理卻不怕失敗。

69

瀑布歌唱道：「雖然渴者只要少許的水便夠了，我卻很快活地
給與了我全部的水。」

70

把那些花朵拋擲上去的那一陣子無休無止的狂歡大喜的勁兒，
其源泉是在哪裡呢？

71

樵夫的斧頭，問樹要斧柄。

樹便給了他。

72

這孤獨的黃昏，沐著霧與雨，
我在我心的寂寥中，感覺到它的嘆息了。

73

貞操是從豐富的愛情中生出來的資產。

74

霧，像愛情一樣，在山峰的心上遊戲，
生出種種美麗的變幻。

75

我們把世界看錯了，反說它欺騙了我們。

76

詩人的風，正出經海洋和森林，求它自己的歌聲。

77

每一個孩子生出時所帶來的訊息是說：
上帝對於人類尚未灰心失望呢。

78

綠草求她地上的伴侶。
樹木求他天空的寂寞。

79

人對他自己築起了堤防來。

80

我的朋友，你的語聲飄蕩在我的心裡，
像那海水的低吟之聲，繞繚在靜聽著的松林之間。

81

這個不可見的黑暗之火焰，
以繁星為其火花的，到底是什麼呢？

82

讓生時麗似夏花，
讓死時美如秋葉。

83

那想做好人的，在門外敲著門，
那些仁愛的人，看見門敞開著。

84

在死的時候，眾多合而為一，
在生的時候，這「一」化而為眾多。
上帝死了的時候，宗教便將合而為一。

85

藝術家是自然的情人，
所以他是自然的奴隸，也是自然的主人。

86

「果實呀，你離我有多少遠呢？」
「花呀，我是藏在你的心裡呢？」

87

這個渴望是為了那個在黑暗裡感覺得到，
在大白天裡卻看不見的。

88

露珠對湖水說道：「你，是在荷葉下面的大露珠，而我是在荷葉上面的較小的露珠。」

89

刀鞘保護刀的鋒利，它自己則滿足於它的遲鈍。

90

在黑暗中，「一」視若一體，

在光亮中，「一」便視若眾多。

91

大地借助於綠草，顯出她的殷勤好客。

92

綠葉的生與死乃是旋風的急驟的旋轉，

它的更廣大的旋轉圈子乃是在天上繁星之間徐緩的轉動。

93

權威對世界說道：「你是我的。」

世界便把權威囚禁在她的寶座下面。

愛情對世界說道：「我是你的。」

世界便給予愛情以在她屋內來往的自由。

94

濃霧彷彿是大地的願望。

它藏起了太陽，而太陽乃是她所呼求的。

95

安靜些吧，我的心，這些大樹都是祈禱者呀。

96

瞬間的喧聲，譏笑著永恆的音樂。

97

我想起了浮泛在生與愛與死的川流上的許多別的時代，
以及這些時代之被遺忘，我便感覺到離開塵世的自由了。

98

我靈魂裡的憂鬱就是她新婚的面紗。
這面紗等候著在夜間卸去。

99

死之印記給生的錢幣賦與價值；
使它能夠用生命來購買那真正的寶物。

100

白雲謙遜地站在天之一隅。
晨光給他披上了霞彩。

101

塵土受到了踐踏，卻以她的花朵來報答。

102

只管走過去，不必逗留著去採了花朵來保存，
因為一路上，花朵自會繼續開放的。

103

根是地下的枝。
枝是空中的根。

104

遠遠去了的夏之音樂，翱翔於秋間，尋求它的舊巢。

105

不要從你自己的袋裡掏出勛績借給你的朋友，
這是污辱他的。

106

無名的日子的感觸，攀緣在我的心上，
正像那綠色的苔蘚，攀緣在老樹的周身。

107

回聲嘲笑著她的原聲，以證明她就是原聲。

108

當富貴發達的人誇說他得到了上帝的特別恩惠時，
上帝卻蒙羞了。

109

我投射我自己的影子在我的路上，
因為我有一盞還沒有燃點起來的明燈。

110

人走進喧嘩的群眾裡去，
為的是要淹沒他自己的沉默的呼號。

111

終止於衰竭的是「死亡」，但「圓滿」卻終止於無窮。

112

太陽穿一件樸素的光衣，白雲卻披了燦爛的裙裾。

113

山峰如群兒之喧嚷，舉起他們的雙臂，想去捉天上的星星。

114

道路雖然擁擠，卻是寂寞的，因為它是不被愛的。

115

權威以它的惡行自誇；落下的黃葉與浮遊過的雲片都在笑它。

116

今天大地在太陽光裡向我營營哼鳴，像一個織著布的婦人，
用一種已經被忘卻的語言，哼著一些古代歌曲。

117

綠草是無愧於它所生長的偉大世界的。

118

夢是一個一定要談話的妻子。
睡眠是一個默默地忍受的丈夫。

119

夜與逝去的日子接吻，輕輕地在耳旁說道：

「我死了，是你的母親，我就要給你以新的生命。」

120

黑夜呀，我感覺得你的美了，

你的美如一個可愛的婦人，當她把燈熄滅了的時候。

121

我把在那些已逝去的世界上的繁榮，帶到我的世界上來。

122

親愛的朋友呀，當我靜聽著海濤時，

我有好幾次在暮色深沉的黃昏裡，

在這個海岸上，感得你的偉大思想的沉默了。

123

鳥以為把魚舉在空中是一種慈善的舉動。

124

夜對太陽說道：

「在月亮中，你送了你的情書給我。」

「我已在綠草上留下了我的淚滴回答了。」

125

偉人是一個天生的孩子，

當他死時，他把他的偉大的孩提時代給了世界。

126

不是鐵槌的打擊，乃是水的載歌載舞，使鵝卵石臻於完美。

127

蜜蜂從花中吸蜜，離開時營營地道謝。

華麗的蝴蝶卻相信花是應該向他道謝的。

128

如果你不等待著要說出完全的真理，

那麼其實把話說出來是很容易的。

129

「可能」問「不可能」道：「你住在什麼地方呢？」

它回答道：「在那無能為力者的夢境裡。」

130

如果你把所有的錯誤都關在門外時，

真理也要被關在外面了。

131

我聽見有些東西在我心的憂悶後面蕭蕭作響──
但我不能看見它們。

132

閒暇在動作時便是工作。
靜止的海水蕩動時便成波濤。

133

綠葉戀愛時便成了花。
花崇拜時便成了果實。

134

埋在地下的樹根使樹枝產生果實，卻並不要求什麼報酬。

135

陰雨的黃昏，風不休地吹著。
我看著搖曳的樹枝，想念著萬物的偉大。

136

子夜的風雨，如一個巨大的孩子，
在不得時宜的黑夜裡醒來，開始遊戲，和喊叫起來了。

137

海呀，你這暴風雨的孤寂的新婦呀，
你雖掀起波浪追隨你的情人，但是無用呀。

138

文字對工作說道：
「我慚愧我的空虛。」
工作對文字說道：
「當我看見你時，我便知道我是怎樣地貧乏了。」

139

時間是變化的財富，
但時鐘在它的遊戲文章裡
卻使它只不過是變化而沒有財富。

140

真理穿了衣裳覺得事實太拘束了，
在想像中，她卻轉動得很舒暢。

141

當我到這裡、到那裡地旅行著時，
路呀，我厭倦了你了，但是現在，

當你引導我到各處去時，我便愛上你，與你結合了。

142

讓我設想，在群星之中，
有一粒星是指導著我的生命通過不可知的黑暗的。

143

婦人，你用了你美麗的手指，觸著我的器具，
秩序便如音樂似地生出來了。

144

一個憂鬱的聲音，築巢於逝水似的年華中。
它在夜裡向我唱道——「我愛你。」

145

燃著的火，以他的熊熊之火焰禁止我走近他。
把我從潛藏在灰中的餘燼裡救出來吧。

146

我有群星在天上，
但是，唉，我屋裡的小燈卻沒有點亮。

147

死文字的塵土沾著你。
用沉默去洗淨你的靈魂吧。

148

生命裡留了許多裂縫，死亡的哀歌，就從中送出來了。

149

世界已在早晨敞開了它的光明之心。
出來吧，我的心，帶了你的愛去與它相會。

150

我的思想隨著這些閃耀的綠葉而閃耀著，
我的心靈接觸著這日光也唱了起來；
我的生命因為與萬物一同浮泛在空間的蔚藍，
時間的墨黑中，正在快樂著呢。

151

上帝的巨大的威權是在柔和的微風裡，
而不在狂風暴雨之中。

152

在夢中，一切事都散漫著，
都壓著我，但這不過是一個夢呀。
當我醒來時，
我便將覺的這些事都已聚集在你那裡，
我也便將自由了。

153

落日問道：「有誰在繼續我的職務呢？」
瓦燈說道：「我要盡我力之所能的去做，我的主人。」

154

採著花瓣時，得不到花的美麗。

155

沉默蘊蓄著語聲，正如鳥巢擁圍著睡鳥。

156

偉大不怕與渺小同行，唯居中的卻遠而避之。

157

夜祕密地把花開放了，卻讓那白日去領受謝詞。

158

權力認為犧牲者的痛苦是忘恩負義。

159

當我們以我們的充實為樂時，
那麼，我們便能很快與我們的果實分手了。

160

雨點吻著大地，微語道，——「我們是你的想家的孩子，
母親，現在從天上回到你這裡來了。」

161

蛛網好像要捉露珠，卻捉住了蒼蠅。

162

愛情呀，當你手裡拿著點亮了的痛苦之燈走來時，
我能夠看見你的臉，而且以你為幸福。

163

螢火蟲對天上的星星說：
「學者說你的光明，總有一天會消滅的。」
天上的星星並沒有回答他。

164

在黃昏的微光裡，

有那清晨的鳥兒來到我的沉默的鳥巢裡。

165

思想掠過我的心上，如一群野鴨飛過天空。

我聽見它們鼓翼之聲了。

166

溝渠總喜歡想：河流的存在，是專為著供給它水流的。

167

世界以它的痛苦同我接吻，而要求歌聲做報酬。

168

壓迫著我的，

到底是我的想要外出的靈魂呢，

還是那世界的靈魂，

敲著我心的門，想要進來呢？

169

思想以它自己的言語餵養它自己，而成長起來。

170

我把我的心之碗輕輕浸入這沉默的時刻中；
它充滿了愛了。

171

或者你在做著工作，或者你沒有。
當你不得不說：「讓我們做些事吧！」
那麼就要開始胡鬧了。

172

向日葵羞於把無名的花朵看作她的同胞。
太陽升上來了，向它微笑，道：
「你好麼，我的寶貝兒？」

173

「誰如命運似地推著我向前走呢？」
「那是我自己，跨在我的背上走著。」

174

雲把水倒在河的水杯裡，它們自己卻藏在遠山之中。

175

我一路走去，從我的水瓶中漏出水來。
只留著極少極少的水供我家裡用。

176

杯中的水是光輝的；海中的水卻是黑色的。
小道理可以用文字來說清楚；大道理卻只有沉默。

177

你的微笑是你自己田園裡的花，
你的談吐是你自己山上的松林蕭蕭聲，
但是你的心呀，卻是那個女人，
那個我們全都認識的女人。

178

我把小小的禮物留給我所愛的人——
大的禮物卻留給一切的人。

179

婦人呀，你用你的眼淚的深邃包繞著世界的心，
正如大海包繞著大地。

180

太陽以微笑向我問候。

雨，它的憂悶的姊姊，向我的心談話。

181

我的白晝之花，落下它那被遺忘的花瓣。

在黃昏中，這花成熟為一顆記憶的金果。

182

我像那夜間之路，正靜悄悄地聽著記憶的足音。

183

黃昏的天空，在我看來，像一扇窗戶，一盞燈火，

燈火背後的人正等待著。

184

太忙於做好事的人，反而找不到時間去做好事。

185

我是秋雲，空空的不載著雨水，

但在成熟的稻田中，看見了我充實。

186

他們嫉妒，他們殘殺，人反而稱讚他們。

然而上帝卻害羞了，匆匆地把他的記憶埋藏在綠草下面。

187

腳趾是不回顧過去的手指。

188

黑暗向光明旅行，但是盲者卻向死亡旅行。

189

受寵的小狗疑心大宇宙陰謀篡奪它的位置。

190

靜靜地坐吧，我的心，不要揚起你的塵土。

讓世界自己尋路向你走來。

191

弓在箭要射出之前，

低聲對箭說道——「你的自由是我的。」

192

婦人，在你的笑聲裡有著生命之泉的音樂。

193

一個全是理智的心，恰如一柄全是鋒刃的刀。
叫使用它的人手上流血。

194

上帝愛人間的燈光，甚於他自己的星熾。

195

這狂風驟雨的世界，乃是為美之音樂所馴服了的。

196

夕照中的雲彩向太陽說道：
「我的心經了你的接吻，便似黃金的寶箱了。」

197

接觸著，也許會被殺害；遠離著，也許可能會占有。

198

蟋蟀的唧唧，夜雨的淅瀝，從黑暗中傳到的我耳邊，

好似我已逝的少年時代，沙沙地來到我夢境中。

199

花朵向失落了它所有的星辰的天空叫道：
「我的露珠全失落了。」

200

燃燒著的木塊，熊熊地生出火光，叫道──
「這是我的花朵，我的死亡。」

201

黃蜂以鄰蜂儲蜜之巢為太小。
它的鄰人要牠去建築一個更小的。

202

河岸向河流說道：「我不能留住你的波浪。」
「讓我保存你的足印在我心裡吧。」

203

白日以這小小地球的喧擾，淹沒了整個宇宙的沉默。

204

歌聲在空中感得無限，圖畫在地上感得無限，

詩呢，無論在空中，在地上都是如此；
因為詩的詞句含有能走動的意義與能飛翔的音樂。

205

太陽在西方落下時，
它的早晨的東方已靜悄悄地站在它面前。

206

讓我不要錯誤地把自己放在我的世界裡而使它反對我。

207

榮譽羞著我，因為我暗地裡求著它。

208

當我沒有什麼事做時，便讓我不做什麼事，
不受騷擾地沉入安靜的深處吧，
一如那海水沉默時海邊的暮色。

209

少女呀，你的純樸，如湖水之碧，
表現出你的真理之深邃。

210

最好的東西不是獨來的。

他伴了所有的東西同來。

211

上帝的右手是慈愛的，但是他的左手卻可怕。

212

我的黃昏從陌生的樹木中走來，

它用我的晨星所不懂得的語言說話。

213

夜之黑暗是一只口袋，

盛滿了發出黎明的金光的口袋。

214

我們的欲望，把彩虹的顏色，

借給那只不過是雲霧的人生。

215

上帝等待著要從人的手上把他自己的花朵作為禮物贏回去。

216

我的憂思纏擾著我，要問我它們自己的名字。

217

果實的事業是尊重的，花的事業是甜美的，
但是讓我做葉的事業罷，葉是謙遜地專心地垂著綠蔭的。

218

我的心向著闌珊的風，張了帆，
要到不知何處的幻影之島去。

219

獨夫們是凶暴的，但人民是善良的。

220

把我當做你的杯吧，
讓我為了你，而且為了你的人而盛滿了水吧。

221

狂風暴雨像是那因他的愛情被大地所拒絕，
而在痛苦中的天神的哭聲。

222

世界不會裂開，因為死亡並不是一個裂縫。

223

生命因為付出了愛情，而更為豐盈。

224

我的朋友，你偉大的心閃射出東方朝陽的光芒，
正如黎明中一個積雪的孤峰。

225

死之流泉，使生的止水跳躍奔放。

226

那些有一切東西而沒有您的人，
我的上帝，在譏笑著那些沒有別的東西而只有您的人呢。

227

生命的運動在它自己的音樂裡得到它的休息。

228

踢腳的人只能從地上揚起灰塵而不能得到收獲。

229

我們的名字，
便是夜裡海波上發出的光，痕跡也不留地就泯滅了。

230

讓睜眼看著玫瑰花的人也看看它的刺。

231

鳥翼上繫上了黃金，這鳥便永不能再在天上翱翔了。

232

我們地方的荷花又在這裡陌生的水上開了花，
放出同樣的清香，只是名字換了。

233

在心的遠景裡，那相隔的距離顯得更廣闊了。

234

月兒把她的光明遍照在天上，卻留著她的黑斑給自己。

235

不要說：「這是早晨了。」
別用一個「昨天」的名詞把它打發掉，
把它當作第一次看到的還沒有名字的新生兒吧。

236

青煙對天空誇口，灰燼對大地誇口，
都以為它們是火的兄弟。

237

雨點向茉莉花微語道：「把我永久地留在你的心裡吧。」
茉莉花嘆息了一聲，便落在地上了。

238

羞怯的思想呀，不要怕我。
我是一個詩人。

239

我的心在朦朧的沉默裡，
似充滿了蟋蟀的鳴聲——那灰色的微曦的歌聲。

240

爆竹呀，你對於群星的侮蔑，又跟了你自己回到地上來了。

241

您曾經帶領著我，
穿過我的白天的擁擠不堪的旅行，
而到達了我的黃昏時的孤寂之境。
在通宵的寂靜裡，我等待著它的意義。

242

我們的生命就似渡過一個大海，
我們都相聚在這個狹小的舟中。
死時，我們便到了彼岸，各往各的世界去了。

243

真理之川從他的錯誤之河渠中流過。

244

今天我的心是在想家了，
在想著那跨過時間之海的那一個甜蜜的時候。

245

鳥的歌聲是曙光從大地反響過去的回聲。

246

晨光問狼尾草道：「你是不是驕傲得不肯和我接吻麼？」

247

小花問：「我要怎樣地對你唱，怎樣地崇拜你呢，太陽呀？」
太陽答：「只要用你的純潔的簡樸的沉默。」

248

當人是野獸時，他比野獸還壞。

249

當烏雲受光吻上時，便變成天上的花朵。

250

不要讓刀鋒譏笑它柄子的拙鈍。

251

夜的沉默，如一個深深的燈盞，銀河便是它燃著的光。

252

死像大海的無限的歌聲，
日夜衝擊著生命的光明島的四周。

253

花瓣似的山峰在飲著日光，這山豈不像一朵花嗎？

254

「真實」的含義被誤解、
輕重被倒置，那就成了「不真實」。

255

我的心呀，從世界的流動中，
找你的美吧，正如那小船得到風與水的優雅似的。

256

眼不以能視來驕人，卻以它們的眼鏡來驕人。

257

我住在我的這個小小世界裡，
生怕使它再縮小一丁點兒了。
把我抬舉到您的世界裡去吧，

讓我有高高興興地失去我的一切的自由。

258

虛偽永遠不能憑借它生長在權力中而變成真實。

259

我的心，用歌的拍子拍舐岸的波浪，
渴望著要撫愛這個陽光煦和的綠色世界。

260

道旁的草，愛那天上的星星吧，
那麼，你的夢境便可在花朵裡實現了。

261

讓你的音樂如一柄利刃，直刺入市井喧擾的心中吧。

262

這樹的顫動之葉，觸動著我的心，像一個嬰兒的手指。

263

小花睡在塵土裡。它尋求蝴蝶走的道路。

264

我是在道路縱橫的世界上。

夜來了。打開您的門吧，家的世界啊。

265

我已經唱過了您的白天的歌。

在黃昏時候，讓我拿著您的燈走過風雨飄搖的道路吧。

266

我不要求你進我的屋裡。

你且到我無盡的孤寂裡吧，我的愛人！

267

死之隸屬於生命，正與出生一樣。

舉足是在走路，正如放下腳也是在走路。

268

我已經學會了你在花與陽光裡微語的意義──

再教我明白你在苦與死中所說的話吧。

269

夜的花朵來晚了，當早晨吻著她時，

她顫慄著，嘆息了一聲，萎落在地上了。

270

從萬物的愁苦中，我聽見了「永恆母親」的呻吟。

271

大地呀，我到你岸上時是一個陌生人，
住在你屋內時是一個賓客，離開你的門時是一個朋友。

272

當我去時，讓我的思想到你那裡來，
如那夕陽的餘光，映在沉默的星空邊上。

273

在我的心頭燃點起那休憩的黃昏星吧，
然後讓黑夜向我微語著愛情。

274

我是一個在黑暗中的孩子。
我從夜的被單裡向你伸出我的雙手，母親。

275

白天的工作完了。

把我的臉掩藏在您的臂間吧，母親。讓我做夢。

276

集會時的燈光，點了很久，會散時，燈便立刻滅了。

277

當我死時，世界呀，請在你的沉默中，
替我留著「我已經愛過了」這句話吧。

278

我們在熱愛這世界時，便已生活在這世界上了。

279

讓死者有那不朽的名，
讓生者有那不朽的愛。

280

我看見你，像那半醒的嬰孩在黎明的微光裡看見他的母親，
於是微笑而又睡去了。

281

我將死了又死，以明白生是無窮無盡的。

282

當我和擁擠的人群一同在路上走過時，

我看見您從陽台上送過來的微笑，

我歌唱著，忘卻了所有的喧嘩。

283

愛就是充實了的生命，正如盛滿了酒的酒杯。

284

他們點了他們自己的燈，

在他們的寺院內，吟唱他們自己的話語。

但是小鳥們卻在你的晨光中，

唱著你的名字——因為你的名字便是快樂。

285

領我到您的沉寂的中心，使我的心充滿了歌聲吧。

286

讓那些選擇了他們自己的焰火四射的世界，

就生活在那裡吧。

我的心渴望著您的繁星，我的上帝。

287

愛的痛苦環繞著我的一生，
像洶湧的大海似地唱著，
而愛的快樂卻像鳥兒們在花林裡似地唱著。

288

假如您願意，您就熄了燈吧。
我將明白您的黑暗，而且將喜愛它。

289

當我在那日子的終了，
站在您的面前時，您將看見我的傷疤，
而知道我有我的許多創傷，但也有我的醫治的藥方。

290

總有一天，我要在別的世界的晨光裡對你唱道：
「我以前在地球的光裡，在人類的愛裡，已經見過你了。」

291

從別的日子裡飄浮到我的生命裡的黑雲，
不再落下雨點或引起風暴了，
卻只給予我的夕陽的天空以色彩。

292

真理引起了反對它自己的狂風驟雨，
那場風雨吹散了真理欲傳播的種子。

293

昨夜的風雨給今日的早晨戴上了金色的和平。

294

真理彷彿帶了它的結論而來；
而那結論卻產生了它的第二個真理。

295

他是有福的，
因為他的名望並沒有比他的真實更光亮。

296

您的名字的甜蜜充溢著我的心，而我忘掉了我自己的──
就像您的早晨的太陽升起時，那大霧便消失了。

297

靜悄悄地黑夜具有母親的美麗，
而吵鬧的白天具有孩子的美。

298

當人微笑時，世界就愛了他。
當他大笑時，世界便怕他了。

299

上帝等待著人在智慧中重新獲得童年。

300

讓我感到這個世界乃是您的愛所形成的吧，
那麼，我的愛將幫助著它。

301

您的陽光對著我的心頭的冬天微笑著，
從來不懷疑它的春天的花朵。

302

上帝在他的愛裡吻著有限，而人卻吻著無限。

303

您橫越過不毛之年的沙漠而到達了圓滿的時刻。

304

上帝的靜默使人的思想成熟而成為語言。

305

永恆的旅客呀，你可以在我的歌中找到你的足跡。

306

讓我不至羞辱您吧，父親，
您在您的孩子們身上顯現出您的光榮。

307

這一天是不快活的，光在蹙額的雲下，
如一個被打的兒童，在灰白的臉上留著淚痕，
風又叫號著似一個受傷的世界的哭聲，
但是我知道我正跋涉著去會我的朋友。

308

今天晚上棕櫚葉在嚓嚓地作響，
海上有大浪，滿月啊，
就像世界在心脈悸動。
從遙不可知的天空裡，
您在您的沉默裡帶來了愛的痛苦的祕密？

309

我夢見了一顆星，一個光明的島嶼，

我將在那裡出生，而在它的快速的閒暇的深處，

我的生命將成熟它的事業，像在秋天的陽光之下的稻田。

310

雨中的濕土的氣息，

就像從渺小的無聲的群眾那裡來的一陣子巨大的讚美歌聲。

311

說愛情會失去的那句話，

乃是我們不能夠當作真理來接受的一個事實。

312

我們將有一天會明白，

死永遠不能夠奪去我們的靈魂所獲得的東西，

因為她所獲得的，和她自己是一體。

313

上帝在我的黃昏的微光中，帶著花到我這裡來。

這些花都是我過去之時的，

在他的花籃中，還保存得很新鮮。

314

主呀，當我的生之琴弦都已調得諧和時，
你的一彈一奏，都可以發出愛的樂聲來。

315

讓我真真實實地活著吧，我的上帝，
這樣，死對於我也就成了真實的了。

316

人類的歷史很忍耐地在等待著被侮辱者的勝利。

317

我這一刻感到你的眼光正落在我的心上，
像那早晨陽光中的沉默落在已收獲的孤寂的田野一般。

318

我渴望著歌的島嶼聳立在這喧嘩的波濤起伏的海中。

319

夜的序曲是開始於夕陽西下的音樂，
開始於它難以形容的黑暗的莊嚴的讚歌。

320

我攀登上高峰，發現在名譽的荒蕪不毛的高處，
簡直找不到遮身之地。我的導引者啊，
領導著我在光明逝去之前，進到沉靜的山谷裡去吧，
在那裡，生的收穫成熟為黃金的智慧。

321

在這個黃昏的朦朧裡，
好些東西看來都有些幻象——
尖塔的底層在黑暗裡消失了，
樹頂像墨水的斑點似的。
我將等待著黎明，而當我醒來的時候，
就會看到在光明裡的您的城市。

322

我曾經受苦過，曾經失望過，
曾經體會過「死亡」，
於是我以我在這偉大的世界裡為樂。

323

在我的一生裡，也有貧乏和沉默的地域。
它們是我忙碌的日子得到日光與空氣的幾片空曠之地。

324

我未完成的過去，從後邊纏繞到我身上，
使我難於死去，請從它那裡釋放了我吧。

325

「我相信你的愛。」
讓這句話做我的最後的話語。

PART 2

吉檀迦利

1

你已經使我永生，這樣做是你的歡樂。

這脆薄的杯兒，你不斷地把它倒空，

又不斷地以新生命來充滿。

這小小葦笛，你攜它逾山越谷，從中吹出萬古常新的音樂。

在你雙手的神聖的按撫下，我的小小的心，

消融在無邊快樂之中，發出不可言喻的音調。

你的無窮的賜予只傾入我小小的手裡。

時代過去了，你還在傾注，而我的手裡還有餘地待充滿。

2

當你命令我歌唱的時候，我的心似乎要因著驕傲而炸裂，

我仰望著你的臉，眼淚湧上我的眶裡。

我生命中一切的凝澀與矛盾融化成一片甜柔的諧音——

我的讚頌像一隻歡樂的鳥，振翼飛越海洋。

我知道你歡喜我的歌唱。

我知道只因為我是個歌者，才能走到你的面前。

我用我的歌曲的遠伸的翅梢，觸到了你的雙腳，

那是我從來不敢想望觸到的。

在歌唱中的陶醉，我忘了自己，

你本是我的主人，我卻稱你為朋友。

3

我不知道你怎樣歌唱，我的主人！我總在驚奇地靜聽。
你的音樂光輝照亮了世界。你的音樂的氣息透徹諸天。
你的音樂的聖泉沖過一切阻擋的岩石，向前奔湧。
我的心渴望和你合唱，而掙扎不出一點聲音。
我想說話，但是言語不成歌曲，我叫不出來。
呵，你使我的心變成了你音樂的漫天羅網中的俘虜，
我的主人！

4

我生命的生命，我要保持我的軀體永遠純潔，
因為我知道你的生命的按撫，接觸著我的四肢。
我要永遠從我的思想中屏除虛偽，
因為我知道你就是那在我心中燃起理智之火的真理。
我要從我心中驅走一切的醜惡，使我的愛開花，
因為我知道你在我的心之深處安設了座位。
我要努力在我的行動上彰顯你，
因為我知道是你的威力，給我力量來行動。

5

請容我懈怠一會兒，來坐在你的身旁。
我手邊的工作等一下子再去完成。

不在你的面前，我的心就不知道什麼是安逸和休息，

我的工作變成了無邊勞役之海中的無盡勞役。

今天，炎暑來到我的窗前，

輕噓微語：群蜂在花樹的宮廷中盡情彈唱。

這正是應該靜坐的時光，和你相對，

在這靜寂和無邊的閒暇裡唱出生命的獻歌。

6

摘下這朵花來，拿了去罷，不要遲延！

我怕它會萎謝了，掉在塵土裡。

它也許配不上你的花冠，但請你採折它，

以你手採折的痛苦來給它光寵。

我怕在我警覺之前，白日已逝，供獻的時間過了。

雖然它顏色不深，氣味很淡，請仍用這花來禮拜，

趁著還有時間，就採折吧。

7

我的歌曲把她的妝飾卸掉。她沒有了衣飾的驕奢。

妝飾會傷害我們合一：它們會橫阻在我們之間，

它們叮噹的聲音會掩沒了你的細語。

我的詩人的虛榮心，在你的容光中羞死。

呵，詩聖，我已經拜倒在你的腳前。

只讓我的生命簡單正直像一枝葦笛，讓你來吹出音樂。

8

那穿起王子的衣袍和掛起珠寶項鏈的孩子，

在遊戲中他失去了一切的快樂；

他的衣服絆著他的步履。為怕衣飾的破裂和污損，

他不敢走進世界，甚至於不敢挪動。

母親，這是毫無好處的，如你的華美的約束，

使人和大地健康的塵土隔斷，

讓人進入日常生活的盛大集會的權利給剝奪去了。

9

呵，傻子，想把自己背在肩上！

呵，乞人，來到自家門口求乞！

把你的負擔卸在那雙能擔當一切的手中罷，

永遠不要惋惜地回顧。

你的欲望的氣息，會立刻把它接觸到的燈火吹滅。

它是不聖潔的──不要從它不潔的手中接受禮物。

只領受神聖的愛所付予的東西。

10

這是你的腳凳，你在最貧最賤最失所的人群中歇足。

我想向你鞠躬，我的敬禮不能達到你歇足地方的深處──

那最貧最賤最失所的人群中。

你穿著破敝的衣服，在最貧最賤最失所的人群中行走，
驕傲永遠不能走近這個地方。
你和那最沒有朋友的最貧最賤最失所的人們作伴，
我的心永遠找不到那個地方。

11

把禮讚和念珠撇在一邊吧！
你在門窗緊閉幽暗孤寂的殿角裡，向誰禮拜呢？
睜開眼你看，上帝不在你的面前！
他是在鋤著枯地的農夫那裡，在敲石的造路工人那裡。
太陽下，陰雨裡，他和他們同在，衣袍上蒙著塵土。
脫掉你的聖袍，甚至像他一樣地下到泥土裡去吧！
超脫嗎？從哪裡找超脫呢？
我們的主已經高高興興地把創造的鎖鏈帶起：
他和我們大家永遠連繫在一起。
從靜坐裡走出來吧，丟開供養的香花！
你的衣服污損了又何妨呢？
去迎接他，在勞動裡，流汗裡，和他站在一起吧。

12

我旅行的時間很長，旅途也是很長的。
天剛破曉，我就驅車起行，
穿遍廣漠的世界，在許多星球之上，留下轍痕。

離你最近的地方，路途最遠，

最簡單的音調，需要最艱苦的練習。

旅客要在每個生人門口敲叩，才能敲到自己的家門，

人要在外面到處漂流，最後才能走到最深的內殿。

我的眼睛向空闊處四望，

最後才合上眼說：「你原來在這裡！」

這句問話和呼喚「呵，在哪兒呢？」融化在千股的淚泉裡，

和你堅定的回答「我在這裡！」一同泛濫了全世界。

13

我要唱的歌，直到今天還沒有唱出。

每天我總在樂器上調理弦索。

拍子還沒有敲定，歌詞也未曾填好：

只有願望的痛苦在我心中。

花蕊還未開放；只有風從旁嘆息走過。

我沒有看見過他的臉，也沒有聽見過他的聲音：

我只聽見他輕躡的足音，從我房前路上走過。

悠長的一天消磨在為他在地上鋪設座位；

但是燈火還未點上，我不能請他進來。

我生活在和他相會的希望中，但這相會的日子還沒有來到。

14

我的欲望很多，我的哭泣也很可憐，

但你永遠用堅決的拒絕來拯救我，

這剛強的慈悲已經緊密地交織在我的生命裡。

你使我一天一天地更配領受你那簡單偉大的賜予——

這天空和光明，這軀體和生命與心靈——

把我從極欲的危險中拯救了出來。

有時候我懈怠地捱延，有時候我急忙警覺尋找我的路向；

但是你卻忍心地躲藏起來。你不斷地拒絕我，

從軟弱動搖的欲望的危險中拯救了我，

使我一天一天地更配得你完全的接納。

15

我來為你唱歌。

在你的廳堂中，我坐在屋角。

在你的世界中，我無事可做；

我無用的生命只能放出無意義的歌聲。

在你黑暗的殿中，夜半敲起默禱的鐘聲的時候，

命令我罷，我的主人，來站在你面前歌唱。

當金琴在晨光中調好的時候，

寵賜我吧，命令我來到你的面前。

16

我接到這世界節日的請柬，我的生命受了祝福。

我的眼睛看見了美麗的景象，

我的耳朵也聽見了醉人的音樂。

在這宴會中，我的任務是奏樂，我也盡力演奏了。

現在，我問，那時間終於來到了嗎，

我可以進去瞻仰你的容顏，並獻上我靜默的敬禮嗎？

17

我只在等候著愛，要最終把我交在他手裡。

這是我遲誤的原因，我對這延誤負咎。

他們要用法律和規章，來緊緊地約束我；

但是我總是躲著他們，因為我只等候著愛，

要最終把我交在他手裡。

人們責備我，說我不理會人；

我也知道他們的責備是有道理的。

市集已過，忙人的工作都已完畢。

叫我不應的人都已含怒回去。

我只等候著愛，要最終把我交在他手裡。

18

雲霾堆積，黑暗漸深。

愛啊，你為什麼讓我獨在門外等候？

在中午工作最忙的時候，我和大家在一起，

但在這黑暗寂寞的日子，我只企望著你。

若是你不容我見面，若是你完全把我拋棄，

我真不知將如何度過這悠長的雨天。

我不住地凝望遙遠的陰暗天空，

我的心和不寧靜的風，一同地悲嘆。

19

若是你不說話，我就含忍著，以你的沉默來填滿我的心。

我要沉靜地等候，像黑夜在星光中不眠，低首忍耐著。

清晨一定會來，黑暗也要消隱，

你的聲音將劃破天空從金泉中下注。

那時你的話語，要在我所有的鳥巢中鼓翼發聲，

你的音樂，要在我林叢繁花中盛開怒放。

20

蓮花開放的那天，唉，我不自覺地在心魂飄蕩。

我的花籃空著，花兒我也沒有去理睬。

不時地有一段的幽愁來襲擊我，

我從夢中驚起，覺得南風裡有一陣奇香的芳蹤。

這迷茫的溫馨，使我想望得心痛，

我覺得這彷彿是夏天渴望的氣息，尋求圓滿。

我那時不曉得它離我是那麼近，

而且是我的，這完美的溫馨，

還是在我自己心靈的深處開放。

21

我必須揚帆出海去。

時光都在岸邊消磨虛度了──不堪的我呵！

春天把花開過就告別了。

如今落紅遍地，我卻等待而又留連。

潮聲漸喧，河岸的蔭灘上黃葉飄落。

你凝望著的是何等的空虛！

你不覺得有一陣驚喜和對岸的歌聲從空中一起飄來嗎？

22

在七月淫雨的濃蔭中，你用祕密的腳步行走，

夜一般的輕悄，躲過一切的守望的人。

今天，清晨閉上眼，不理連連呼喊的狂嘯的東風，

一張厚厚的紗幕遮住永遠清醒的碧空。

林野停住了歌聲，家家閉上門戶。

在這冷寂的街上，你是孤獨的行人。

呵，我唯一的朋友，我最愛的人，

我的家門是開著的──不要夢一般地走過吧。

23

在這暴風雨的夜晚你還在外面趕愛的旅程嗎，

我的朋友？天空像失望者在哀號。我今夜無眠。

我不斷地開門向黑暗中凝望，我的朋友！我什麼都看不見。

我不知道你要走哪一條路！是從墨黑的河岸上，

是從遠遠的愁慘的樹林邊，是穿過昏暗迂迴的曲徑，

你摸索著來到我這裡嗎，我的朋友？

24

假如一天已經過去了，鳥兒也不歌唱，

假如風也吹倦了，那就用黑暗的厚幕把我蓋上吧，

如同你在黃昏時用睡眠的衾被裹上了大地，

又輕柔地將睡蓮的花瓣合上。

旅客的行程未達，糧袋已空，

衣裳破裂污損，而又筋疲力盡，

你解除了他的羞澀與困窘，

使他的生命像花朵一樣在仁慈的夜幕下甦醒。

25

在這困倦的夜裡，

讓我乖乖地把自己交給睡眠，把信賴托付給你。

讓我不去勉強我的委靡的精神，來準備一個對你敷衍的禮拜。

是你拉上夜幕蓋上白日的倦眼，

使這眼神在醒覺的清新喜悅中，更新了起來。

26

他來坐在我的身邊，而我沒有醒起。

多麼可恨的睡眠，唉，不幸的我呵！他在靜夜中來到；

手裡拿著琴，我的夢魂和他的音樂起了共鳴。

唉，為什麼每夜就這樣地虛度了？

呵，他的氣息接觸了我的睡眠，為什麼我總看不見他的面？

27

燈火，燈火在哪裡呢？用熊熊的渴望之火把它點上吧！

燈在這裡，卻沒有一絲火焰——這是你的命運嗎，

我的心呵！你還不如死了好！

悲哀在你門上敲著，她傳話說你的主醒著呢，

他叫你在夜的黑暗中奔赴愛的約會。

雲霧遮滿天空，雨也不停地下。

我不知道我心裡有什麼在動蕩——我不懂得它的意義。

一霎的電光，在我的視線上拋下一道更深的黑暗，

我的心摸索著尋找那夜的音樂對我呼喚的徑路。

燈火，燈火在哪裡呢？用熊熊的渴望之火把它點上吧！

雷聲在響，狂風怒吼著穿過天空。夜像黑岩一般的黑。

不要讓時間在黑暗中度過吧。用你的生命把愛的燈點上吧。

28

羅網是堅韌的，但是要撕破它的時候我又心痛。

我只要自由，為希望自由我卻覺得羞愧。

我確知那無價之寶是在你那裡，而你是我最好的朋友，

但我卻捨不得清除我滿屋的俗物。

我身上披的是塵灰與死亡之衣；

我恨它，卻又熱愛地把它抱緊。

我的負債很多，我的失敗很大，

我的恥辱祕密而又深重；但當我來求福的時候，

我又戰慄，唯恐我的祈求得了允諾。

29

被我用我的名字囚禁起來的那個人，在監牢中哭泣。

我每天不停地築著圍牆；當這道圍牆高起接天的時候，

我在它的黑影中，看不見真的自己。

我以這道高牆自豪，我用沙土把它抹嚴，

唯恐在這名字上還留著一絲縫隙，

我煞費了苦心，也看不見我的真我。

30

我獨自去赴幽會。是誰在暗寂中跟著我呢？

我走開躲他，但是我逃不掉。

他昂首闊步，使地上塵土飛揚；

我說出的每一個字裡，都摻雜著他的喊叫。

他就是我的小我，我的主，他恬不知恥；

但和他一同到你門前，我卻感到羞愧。

31

「囚人，告訴我，誰把你捆起來的？」

「是我的主人，」囚人說。

「我以為我的財富與權力勝過世界上一切的人，我把我的國王的錢財聚斂在自己的寶庫裡。我困倦極了，睡在我主的床上，一覺醒來，我發現我在自己的寶庫裡做了囚人。」

「囚人，告訴我，是誰鑄的這條堅牢的鎖鏈？」

「是我，」囚人說，「是我自己用心鑄造的。我以為我的無敵的權力會征服世界，使我有無礙的自由。我日夜用烈火重錘打造了這條鐵鏈。等到工作完成，鐵鏈堅牢完善，我發現這鐵鏈把我捆住了。」

32

塵世上那些愛我的人，用盡方法拉住我。

你的愛就不是那樣，你的愛比他們的偉大，你讓我自由。

他們從不敢離開我，恐怕我把他們忘掉。

但是你，日子一天一天地過去，你還沒有露面。

若是我不在祈禱中呼喚你，若是我不把你放在心上，

你愛我的心，仍在等待著我的愛。

33

白天的時候，他們來到我的房子裡說：
「我們只占用最小的一間屋子。」
他們說：「我們要幫忙你禮拜你的上帝，而且只謙恭地領受我們應得的一份恩典。」
他們就在屋角安靜謙柔地坐下。
但是在黑夜裡，
我發現他們強橫粗暴地衝進我的聖堂，
貪婪地攫取了神壇上的祭品。

34

只要我一息尚存，我就稱你為我的一切。
只要我一誠不滅，我就感覺到你在我的四圍，
任何事情，我都來請教你，
任何時候都把我的愛獻上給你。
只要我一息尚存，我就永不把你藏匿起來。
只要把我和你的旨意鎖在一起的腳鐐，
還留著一小段，你的意旨就在我的生命中實現──
這腳鐐就是你的愛。

35

我的主啊，讓我的國家，覺悟認識那自由樂土．

在那裡，心是無畏的，頭也抬得高昂；

在那裡，知識是自由的；

在那裡，世界還沒有被狹小的家國的牆隔成片段；

在那裡，話是從真理的深處說出；

在那裡，不懈的努力向著「完美」伸臂；

在那裡，理智的清泉沒有沉沒在積習的荒漠之中；

在那裡，心靈是受你的指引，

走向那不斷放寬的思想與行為──進入那自由的天國。

36

這是我對你的祈求，我的主──

請你鏟除，鏟除我心裡貧之的根源。

賜給我力量，使我能輕易地承受歡樂與憂傷。

賜給我力量，使我的愛在服務中得到果實。

賜給我力量，使我永不拋棄窮人也永不向淫威屈膝。

賜給我力量，使我的心靈超越於日常瑣事之上。

再賜給我力量──

使我滿懷愛意地把我的力量服從你意志的指揮。

37

我以為我的精力已竭，

旅程已終——前路已絕，儲糧已盡，

退隱在靜默中的時間已經到來。

但是我發現你的意志在我身上不知有終點。

舊的言語剛在舌尖上死去，新的音樂又從心上進來；

舊轍方迷失，新的田野又在面前奇妙地展開。

38

我需要你，只需要你——讓我的心不停地重述這句話。

日夜引誘我的種種欲念，都是透頂的詐偽與空虛。

就像黑夜隱藏在祈求光明的朦朧裡，

在我潛意識的深處也響出呼聲——我需要你，只需要你。

正如風暴用全力來衝擊平靜，

卻尋求終止於平靜，我的反抗衝擊著你的愛，

而它的呼聲也還是——我需要你，只需要你。

39

在我的心堅硬焦躁的時候，請恩施灑我以甘霖。

當生命失去恩寵的時候，請賜我以歡樂歌聲。

當煩雜的工作在四周喧鬧，使我和外界隔絕的時候，

我的寧靜的主，請帶著你的和平與安息來臨。

當我乞丐似的心，蹲閉在屋角的時候，

我的國王，請你以王者的威儀破戶而入。

當欲念以誘惑與塵埃來迷蒙我的心眼的時候，

呵，聖者，你是清醒的，請你和你的雷電一同降臨。

40

在我乾枯的心上，

好多天沒有受到雨水的滋潤了，我的上帝。

地平線是一片可怕的赤炎——

沒有一片輕雲的遮蓋，沒有一絲遠雨的涼意。

如果你願意，

請降下你盛怒死亡氣息的暴風雨，以閃電震懾天宇。

但是請你召回，我的主，召回這瀰漫沉默的炎熱吧，

它是沉重尖銳而又殘忍，用可怕的絕望焚灼人心。

讓慈雲低垂下降，像在父親發怒的時候，母親的含淚的眼光。

41

我的情人，你站在大家背後，藏在何處的陰影中呢？

在塵土飛揚的道上，他們把你推開走過，沒有理睬你。

在乏倦的時間，我攤開供品來等候你，

過路的人把我的香花一朵一朵地拿去，我的花籃幾乎空了。

清晨，中午都過去了。暮色中，我倦眼矇矓。

回家的人們瞟著我微笑，使我滿心羞慚。

我像女丐一般地坐著，拉起裙兒蓋上臉，

當他們問我要什麼的時候，我垂目沒有答應。

呵，真的，我怎能告訴他們說我是在等候你，

而且你也應許說你一定會來。

我又怎能抱愧地說我的妝奩就是貧窮。

呵，我在我心的微隱處緊抱著這一段驕榮。

我坐在草地上凝望天空，

更想著你來臨時候那忽然炫耀的豪華——

萬彩交輝，車輦上金旗飛揚，

在道旁眾目睽睽之下，你從車座下降，

把我從塵埃中扶起坐在你的旁邊，

這襤褸的丐女，含羞帶喜，像蔓藤在暑風中顫搖。

但是時間流過了，還聽不見你的車輦的輪聲。

許多儀仗隊伍都在光彩喧鬧中走過了。

你只要靜默地站在他們背後嗎？

我只能哭泣著等待，把我的心折磨在空虛的佇望之中嗎？

42

在清晨的私語中，我們約定了同去泛舟，

世界上沒有一個人知道我們這無目的無終止的遨遊。

在無邊的海洋上，在你靜聽的微笑中，

我的歌唱抑揚成調，像海波一般的自由，不受字句的束縛。

時間還沒有到嗎？你還有工作要做嗎？

看吧，暮色已經籠罩海岸，蒼茫裡海鳥已群飛歸巢。

誰知道什麼時候可以解開鏈索，

這隻船會像落日的餘光，消融在黑夜之中呢？

43

那天我沒有準備好來等候你，

我的國王，你就像一個素不相識的平凡人，

自動地進到我的心裡，

在我生命的許多流逝的時光中，

蓋上了永恆的印記。

今天我偶然照見了你的簽印，

我發現它們和我遺忘了的日常哀樂的回憶，

雜亂地散擲在塵埃裡。

你不曾鄙夷地避開我童年時代在塵土中的遊戲，

我在遊戲室裡所聽見的足音，

和在群星中的回響是相同的。

44

陰晴無定，夏至雨來的時節，在路旁等候瞭望，是我的快樂。

從不可知的天空帶信來的使者們，向我致意又向前趕路。

我衷心歡暢，吹過的風帶著清香。

從早到晚我在門前坐地，我知道我一看見你，

那快樂的時光便要突然來到。

這時我自歌自笑。這時空氣裡也充滿著應許的芬芳。

45

你沒有聽見他靜悄悄的腳步嗎？
他正在走來，走來，一直不停地走來。
每一個時間，每一個年代，每日每夜，
他總在走來，走來，一直不停地走來。
在許多不同的心情裡，我唱過許多歌曲，但在這些歌調裡，
我總在宣告說：「他正在走來，走來，一直不停地走來。」
四月芬芳的晴天裡，他從林徑中走來走來，一直不停地走來。
七月陰暗的雨夜中，他坐著隆隆的雲輦，
前來，前來，一直不停地前來。
在愁悶相繼之中，是他的腳步踏在我的心上，
是他的雙腳的黃金般的接觸，使我的快樂發出光輝。

46

我不知道從哪個久遠的什麼時候，你就一直走近來迎接我。
你的太陽和星辰永不能把你藏起，使我看不見你。
在許多清晨和傍晚，我曾聽見你的足音，
你的使者曾祕密地到我心裡來召喚。
我不知道為什麼今天我的生活完全激動了，
一種狂歡的感覺穿過了我的心。
這就像結束工作的時間已到，

我感覺到在空氣中有你光臨的馨香。

47

夜已將盡，等他又落了空。

我怕在清晨我正在倦睡的時候，他忽然來到我的門前。

呵，朋友們，給他開著門——不要攔阻他。

若是他的腳步聲沒有把我驚醒，請不要叫醒我。

我不願意小鳥嘈雜的合唱，和慶祝晨光的狂歡的風聲，

把我從睡夢中吵醒。

即使我的主突然來到我的門前，也讓我無擾地睡著。

呵，我的睡眠，寶貴的睡眠，只等著他的撫觸來消散。

呵，我的合著的眼，只在他微笑的光中才開睫。

當他像從洞黑的睡眠裡浮現的夢一般地站立在我面前。

讓他作為最初的光明和形象，來呈現在我的眼前。

讓他的眼光成為我覺醒的靈魂最初的歡躍。

讓我自我的返回成為向他立地的皈依。

48

清晨的靜海，漾起鳥語的微波；路旁的繁花，爭妍鬥艷；

在我們匆忙趕路無心理睬的時候，雲隙中散射出燦爛的金光。

我們不唱歡歌，也不嬉遊；我們也不到村集上去交易；

我們一語不發，也不微笑；我們不在路上留連。

時間流逝，我們也加速了腳步。

太陽升到中天，鴿子在涼陰中叫喚。

枯葉在正午的炎風中飛舞。牧童在榕樹下做他的倦夢，

我在水邊臥下，在草地上展布我困乏的四肢。

我的同伴們嘲笑我，他們抬頭疾走；

他們不回顧也不休息；他們消失在遠遠的碧靄之中。

他們穿過許多山林，經過生疏遙遠的地方。

長途上的英雄隊伍呵，光榮是屬於你們的！

譏笑和責備要促我起立，但我卻沒有反應。

我甘心沒落在樂受的恥辱的深處——在模糊的快樂陰影之中。

陽光織成的綠蔭的幽靜，慢慢地籠罩著我的心。

我忘記了旅行的目的，

我無抵抗地把我的心靈交給陰影與歌曲的迷宮。

最後，我從沉睡中睜開眼，我看見你站在我身旁，

我的睡眠沐浴在你的微笑之中。

我從前是如何地懼怕，怕這道路的遙遠困難，

到你面前的努力是多麼艱苦呵！

49

你從寶座上下來，站在我草舍門前。

我正在屋角獨唱，歌聲被你聽到了。

你下來站在我草舍門前。

在你的大廳裡有許多名家，一天到晚都有歌曲在唱。

但是這初學的簡單的音樂，卻得到了你的賞識。

一支憂鬱的小調，和世界的偉大音樂融合了，

你還帶了花朵作為獎賞，下了寶座停留在我的草舍門前。

50

我在村路上沿門求乞的時候，

你的金輦像一個華麗的夢從遠處出現，

我在猜想這位萬王之王是誰！

我的希望高升，我覺得我苦難的日子將要告終，

我站著等候你自動的施與，等待那散擲在塵埃裡的財寶。

車輦在我站立的地方停住了。

你看到我，微笑著下車。我覺得我的運氣到底來了。

忽然你伸出右手來說：「你有什麼給我呢？」

呵，這開的是什麼樣帝王的玩笑，向一個乞丐伸手求乞！

我糊塗了，猶疑地站著，

然後從我的口袋裡慢慢地拿出一粒最小的玉米獻上給你。

但是我一驚不小，當我在晚上把口袋倒在地上的時候，

在我乞討來的粗劣東西之中，我發現了一粒金子。

我痛哭了，恨我沒有慷慨地將我的所有都獻給你。

51

夜深了。我們一天的工作都已做完。

我們以為投宿的客人都已來到，村裡家家都已閉戶了。

只有幾個人說，國王是要來的。

我們笑了說：「不會的，這是不可能的事！」

彷彿門上有敲叩的聲音。我們說那不過是風。我們熄燈就寢。

只有幾個人說：「這是使者！」

我們笑著說：「不是，這一定是風！」

在死沉沉的夜裡傳來一個聲音。

朦朧中我們以為是遠遠的雷響。

牆搖地動，我們在睡眠裡受了驚擾。

只有幾個人說：「這是車輪的聲音。」

我們昏困地嘟噥著說：「不是，這一定是雷響！」

鼓聲響起的時候天還沒亮。

有聲音喊著說：「醒來罷！別耽誤了！」

我們拿手按住心口，嚇得發抖。

只有幾個人說：「看哪，這是國王的旗子！」

我們爬起來站著叫：「沒有時間再耽誤了！」

國王已經來了——但是燈火在哪裡呢，花環在哪裡呢？

給他預備的寶座在哪裡呢？呵，丟臉，呵，太丟臉了！

客廳在哪裡，陳設又在哪裡呢？

有幾個人說了：「叫也無用了！用空手來迎接他吧，帶他到你的空房裡去吧！」開起門來，吹起法螺吧！

在深夜中國王降臨到我黑暗淒涼的房子裡了。

空中雷聲怒吼。黑暗和閃電一同顫抖。

拿出你的破席鋪在院子裡罷。

我們的國王，在可怖之夜與暴風雨一同突然來到了。

52

我想向你請求——但我又不敢問你那掛在頸上的玫瑰花環。

這樣我等到早上,想在你離開的時候,從你床上找到些碎片。

我像乞丐一樣破曉就來尋找,只為著一兩片散落的花瓣。

呵,我呵,我找到了什麼呢?你留下了什麼愛的表記呢?

那不是花朵,不是香料,也不是一瓶香水。

那是你的一把巨劍,火焰般放光,雷霆般沉重。

清晨的微光從窗外射到床上。

晨鳥嘰嘰喳喳著問:「女人,你得到了什麼呢?」

不,這不是花朵,不是香料,也不是一瓶香水——

這是你可敬畏的寶劍。

我坐著猜想,你這是什麼禮物呢。

我沒有地方去藏放它。我不好意思佩帶它;

我是這樣的柔弱,當我抱它在懷裡的時候,它就把我壓痛了。

但是我要把這寵信銘記在心,你的禮物,這痛苦的負擔。

從今起在這世界上我將沒有畏懼,

在我的一切奮鬥中你將得到勝利。

你留下死亡和我作伴,我將以我的生命給他加冕。

我帶著你的寶劍來斬斷我的羈勒,在世界上我將沒有畏懼。

從今起我要拋棄一切瑣碎的裝飾。

我心靈的主,我不再在一隅等待哭泣,也不再畏怯嬌羞。

你已把你的寶劍給我佩帶。我不再要玩偶的裝飾品了!

53

你的手鐲真是美麗，鑲著星辰，

精巧地嵌著五光十色的珠寶。

但是依我看來你的寶劍是更美的，

那彎彎的閃光像毗濕奴的神鳥展開的翅翼，

完美地平懸在落日怒放的紅光裡。

它顫抖著像生命受死亡的最後一擊時，

在痛苦的昏迷中的最後反應；

它炫耀著像將燼的世情的純焰，最後猛烈的一閃。

你的手鐲真是美麗，鑲著星辰般的珠寶；

但是你的寶劍，呵，雷霆的主，是鑄得絕頂美麗，

看到想到都是可畏的。

54

我不向你求什麼；我不向你耳中陳述我的名字。

當你離開的時候我靜默地站著。我獨立在樹影橫斜的井旁，

女人們已頂著褐色的瓦罐盛滿了水回家了。

她們叫我說：「和我們一塊來罷，都快到了中午了。」

但我仍在慵倦地留連，沉入恍惚的默想之中。

你走來時，我沒有聽到你的足音。你含愁的眼望著我；

你低語的時候聲音是倦乏的——

「呵，我是一個乾渴的旅客。」

我從幻夢中驚起把我罐裡的水倒在你掬著的手掌裡。

樹葉在頭上蕭蕭地響著；

杜鵑在幽暗處歌唱，曲徑裡傳來膠樹的花香。

當你問到我的名字的時候，我羞得悄立無言。

真的，我替你作了什麼，值得你的憶念？

但是我幸能給你飲水止渴的這段回憶，

將溫馨地貼抱在我的心上。

天已不早，鳥兒唱著倦歌，楝樹葉子在頭上沙沙作響，

我坐著反覆地想了又想。

55

倦怠壓在你的心頭，你眼中尚有睡意。

你沒有得到消息說荊棘叢中花朵正在盛開嗎？

醒來吧，呵，醒來！不要讓光陰虛度了！

在石徑的盡頭，在幽靜無人的田野裡，

我的朋友在獨坐著。不要欺騙他罷。醒來，呵，醒來吧！

即使正午的驕陽使天空喘息搖顫——

即使灼熱的沙地展布開它乾渴的巾衣——

在你心的深處難道沒有快樂嗎？

你的每一個足音，不會使道路的琴弦迸出痛苦的柔音嗎？

56

只因你的快樂是這樣地充滿了我的心。

只因你曾這樣地垂顧我。

呵，你這諸天之王，假如沒有我，你還愛誰呢？

你使我做了你這一切財富的共享者。

在我心裡你的歡樂不住地遨遊。

在我生命中你的意志永遠實現。

因此，你這萬王之王曾把自己修飾了來贏取我的心。

因此，你的愛也消融在你情人的愛裡，

在那裡，你又以我倆完全合一的形象顯現。

57

光明，我的光明，充滿世界的光明，

吻著眼目的光明，甜沁心腑的光明！

呵，我的寶貝，光明在我生命的一角跳舞；

我的寶貝，光明在勾撥我愛的心弦；

天開了，大風狂奔，笑聲響徹大地。

蝴蝶在光明海上展開翅帆。

百合與茉莉在光波的浪花上翻湧。

我的寶貝，光明在每朵雲彩上散映成金，灑下大量珠寶。

我的寶貝，快樂在樹葉間伸展，歡喜無邊。

天河的堤岸淹沒了，歡樂的洪水在四散奔流。

58

讓一切歡樂的曲調，都融和在我最後的歌聲中——
那使大地草原歡呼搖動的快樂，那使生和死兩個孿生弟兄，
在廣大的世界上跳舞的快樂，那和暴風雨一同捲來，
用笑聲震撼驚醒一切的生命的快樂，
那含淚默坐在盛開的痛苦的紅蓮上的快樂，
那不知所謂，把一切所有拋擲於塵埃中的快樂。

59

是的，我知道，這只是你的愛，
呵，我心愛的人——這在樹葉上跳舞的金光，
這些駛過天空的閒雲，這使我頭額清爽的吹過的涼風。
清晨的光輝湧進我的眼睛——這是你傳給我心的消息。
你的臉容下俯，你的眼睛下望著我的眼睛，
我的心接觸到了你的雙足。

60

孩子們在無邊的世界的海濱聚會。
頭上是靜止的無垠的天空，不寧的海波奔騰喧鬧。
在無邊的世界的海濱，孩子們歡呼跳躍地聚會著。
他們用沙子蓋起房屋，用空貝殼來遊戲。
他們把枯葉編成小船，微笑著把它們飄浮在深遠的海上。

孩子在世界的海濱做著遊戲。

他們不會游泳，他們也不會撒網。

採珠的人潛水尋珠，商人們奔波航行，

孩子們收集了石子卻又把它們丟棄了。

他們不搜求寶藏，他們也不會撒網。

大海湧起了喧笑，海岸閃爍著蒼白的微笑。

致人死亡的波濤，像一個母親在搖著嬰兒的搖籃一樣，

對孩子們唱著無意義的謠歌。

大海在同孩子們遊戲，海岸閃爍著蒼白的微笑。

孩子們在無邊的世界的海濱聚會。

風暴在無路的天空中飄遊，船舶在無軌的海上破碎，

死亡到處猖狂，孩子們卻在遊戲。

在無邊的世界的海濱，孩子們盛大地聚會著。

61

這掠過嬰兒眼上的睡眠——有誰知道它是從哪裡來的嗎？

是的，有謠傳說它住在林蔭中，螢火朦朧照著的仙人村裡，

那裡掛著兩顆甜柔迷人的花蕊。它從那裡來吻著嬰兒的眼睛。

在嬰兒睡夢中唇上閃現的微笑——有誰知道它是從哪裡來的？

是的，有謠傳說一線新月的微光，觸到了消散的秋雲的邊緣，

微笑就在被朝霧洗淨的晨夢中，第一次生出來了——

這就是那嬰兒睡夢中唇上閃現的微笑。

在嬰兒的四肢上，花朵般地噴發的甜柔清新的生氣，

有誰知道它是在哪裡藏了這麼許久嗎？

是的，當母親還是一個少女，它就在溫柔安靜的愛的神祕中，

充塞在她的心裡了——

這就是那嬰兒四肢上噴發的甜柔新鮮的生氣。

62

當我送你彩色玩具的時候，我的孩子，

我了解為什麼雲中水上會幻弄出這許多顏色，

為什麼花朵都用各種顏色渲染著——

當我送你彩色玩具的時候，我的孩子。

當我唱歌使你跳舞的時候，

我徹底地知道為什麼樹葉上響出音樂，

為什麼波浪把它們的合唱送進靜聽的大地的心頭——

當我唱歌使你跳舞的時候。

當我把糖果遞到你貪婪的手中的時候，

我懂得為什麼花心裡有蜜，

為什麼水果裡隱藏著甜汁——

當我把糖果遞到你貪婪的手中的時候。

當我吻你的臉使你微笑的時候，我的寶貝，

我的確了解晨光從天空流下時，是怎樣的高興，

暑天的涼風吹到我身上的是怎樣的愉快——

當我吻你的臉使你微笑的時候。

63

你使不相識的朋友認識了我。

你在別人家裡給我準備了座位。

你縮短了距離，你把生人變成弟兄。

在我必須離開故居的時候，我心裡不安；

我忘了是舊人遷入新居，而且你也住在那裡。

通過生和死，今生或來世，無論你帶領我到哪裡，

都是你，仍是你，我的無窮生命中的唯一伴侶，

永遠用歡樂的繫練，把我的心和陌生的人聯繫在一起。

人只要認識了你，世上就沒有陌生的人，

也沒有了緊閉的門戶。呵，請允許我的祈求，

使我在與眾生遊戲之中，永不失去和你單獨接觸的福祉。

64

在荒涼的河岸上，深草叢中，我問她：

「姑娘，你用披紗遮著燈，要到哪裡去呢？我的房子黑暗寂寞——把你的燈借給我罷！」

她抬起烏黑的眼睛，從暮色中看了我一會。

「我到河邊，」她說，「要在太陽西下時，把燈飄浮到水上去。」

我獨立在深草中看著她的燈的微弱的火光，

無用地在潮水上飄流。

在薄暮的寂靜中，我問她：

「你的燈火都已點上了——那麼你拿著這燈到哪裡去呢？我的房子黑暗寂寞——把你的燈借給我罷。」

她抬起烏黑的眼睛望著我的臉，站著沉吟了一會。

最後她說：「我來是要把我的燈獻給上天。」

我站著看她的燈光在天空中無用地燃點著。

在無月的夜半朦朧之中，

我問她：「姑娘，你作什麼把燈抱在心前呢？我的房子黑暗寂寞——把你的燈借給我罷。」

她站住沉思了一會，在黑暗中注視著我的臉。

她說：「我是帶著我的燈，來參加燈節的。」

我站著看著她的燈，一無所用地消失在眾光之中。

65

我的上帝，從我滿溢的生命之杯中，你要飲什麼樣的聖酒呢？

通過我的眼睛，來觀看你自己的創造物，

站在我的耳門上，來靜聽你自己的永恆的諧音，

我的詩人，這是你的快樂嗎？

你的世界在我的心靈裡織上字句，

你的快樂又給它們加上音樂。

你把自己在夢中交給了我，

又通過我來感覺你自己的完滿的甜柔。

66

那在神光離合之中，潛藏在我生命深處的她；

那在晨光中永遠不肯揭開面紗的她，

我的上帝，我要用最後的一首歌把她包裹起來，

作為我給你的最後的獻禮。

無數求愛的話，都已說過，但還沒有贏得她的心；

勸誘向她伸出渴望的手臂，也是枉然。

我把她深藏在心裡，到處漫遊，我生命的榮枯圍繞著她起落。

她統治著我的思想、行動和睡夢，她卻自己獨居索處。

許多人叩我的門來求見她，都失望地回去。

在這世界上從沒有人和她面對過，她孤守著靜待你的賞識。

67

你是天空，你也是窩巢。

呵，美麗的你，在窩巢裡就是你的愛，

用顏色、聲音和香氣來圍擁住靈魂。

在那裡，清晨來了，

右手提著金筐，帶著美的花環，靜靜地替大地加冕。

在那裡，黃昏來了，

越過無人畜牧的荒林，穿過車馬絕跡的小徑，

在她的金瓶裡帶著安靜的西方海上和平的涼風。

但是在那裡，純白的光輝，

統治著伸展著的為靈魂翱翔的無際的天空。

在那裡無晝無夜，無形無色，而且永遠，永遠無語。

68

你的陽光射到我的地上，整天裡伸臂站在我門前，

把我的眼淚，嘆息和歌曲變成的雲彩，帶回放在你的足邊。

你喜愛地將這雲帶纏圍在你的星光的胸前，

繞成無數的形式和褶紋，還染上變幻無窮的色彩。

它是那樣的輕柔，那樣的飄揚、溫軟、含淚而黯淡，

因此你就愛惜它，呵，你這莊嚴無瑕的。

這就是為什麼它能夠以它可憐的陰影遮掩你的可畏的白光。

69

就是這股生命的泉水，日夜流穿我的血管，

也流穿過世界，又按節奏起舞。

就是這同一的生命，

從大地的塵土裡快樂地伸放出無數片的芳草，

迸發出繁花密葉的波紋。

就是這同一的生命，

在潮汐裡搖動著生和死的大海的搖籃。

我覺得我的四肢因受著生命世界的愛撫而煥發光采。

我的驕傲，是因為時代的脈搏，此刻在我血液中跳動。

70

這歡欣的音律不能使你歡欣嗎？

不能使你迴旋激蕩，

消失碎裂在這可怖的快樂旋轉之中嗎？

萬物急劇地前奔，它們不停留也不回顧，

任何力量都不能挽住它們，它們急遽地往前奔。

季候應和著這不息的音樂，舞著來了，又飄然而去——

顏色、聲音、香味在這充溢的快樂裡，

匯注成奔流無盡的瀑泉，時時刻刻地飛濺、沉落、消逝。

71

我應當自己發揚光大、四周放射、

投映彩影於你的光輝之中——這便是你的幻境。

你在你自身裡立起隔欄，

用無數不同的音調來呼喚你的分身。

你這分身已在我體內成形。

高亢的歌聲響徹諸天，在多采的眼淚與微笑，

震驚與希望中回應著；波起波落，夢破又圓。

在我裡面是你自身的破滅。

你捲起的那重帘幕，是用晝和夜的畫筆，繪出了無數的花樣。

幕後的你的座位，是用奇妙神祕的曲線織成。

拋棄了一切無聊的筆直的線條。

你我組成的偉麗的行列，布滿了天空。

就是你我的歌聲，空氣中都在震顫，

一切時代都在你我捉迷藏中度過了。

72

就是他，那最深奧的，用他深隱的撫觸使我清醒。

就是他把神符放在我的眼上，

又快樂地在我心弦上彈弄出種種哀樂的調子。

就是他用金、銀、青、綠的靈幻的色絲，

織起幻境的披紗，他的腳趾從衣褶中外露。

在他的撫觸之下，我忘卻了自己。

日來年往，就是他永遠以種種名字，

種種姿態，種種的深悲和極樂，來打動我的心。

73

在斷念屏欲之中，我不需要拯救。

在萬千歡愉的約束裡，我感到了自由的擁抱。

你不斷地在我的瓦罐裡斟上不同顏色不同芬芳的新酒。

我的世界，將以你的火焰點上他的萬盞不同的明燈，

安放在你廟宇的壇前。

不，我永不會關上我感覺的門戶。

視、聽、觸的快樂會含帶著你的快樂。

是的，我的一切幻想會燃燒成快樂的光明，

我的一切願望將結成愛的果實。

74

白日已過，暗影籠罩大地。是我到河邊汲水的時候了。
晚空憑著水的淒音流露著切望。呵，它呼喚我走進暮色。
荒徑上斷絕人行，風起了，波浪在河裡翻騰。
我不知道是否應該回家去。我不知道我會遇見什麼人。
淺灘的小舟上有個不相識的人正彈著琵琶。

75

你賜給我們世人的禮物，滿足了我們一切的需要，
可是它們又絲毫未減地返回到你那裡。
河水有它每天的工作，匆忙地穿過田野和村莊；
但它的不絕的水流，又曲折地回來洗你的雙腳。
花朵以芬芳熏香了空氣；但它最終的任務，是把自己獻給你。
對你供獻不會使世界困窮。
人們從詩人的字句裡，選取自己喜愛的意義：
但是詩句的最終意義是指向著你。

76

過了一天又是一天，呵，我生命的主，
我能夠和你對面站立嗎？
呵，全世界的主，我能合掌和你對面站立嗎？

在廣闊的天空下，嚴靜之中，
我能夠帶著虔恭的心，和你對面站立嗎？
在你的勞碌的世界裡，喧騰著勞作和奮鬥，
在熙熙攘攘的人群中，我能和你對面站立嗎？
當我已做完了今生的工作，
呵，萬王之王，我能夠獨自悄立在你的面前嗎？

77

我知道你是我的上帝，卻遠立在一邊——
我不知道你是屬於我的，就走近你。
我知道你是我的父親，就在你腳前俯伏——
我沒有像和朋友握手那樣地緊握你的手。
我沒有在你降臨的地方，站立等候，把你抱在胸前，
當你做同道，把你占有。你是我弟兄的弟兄，
但是我不理他們，不把我賺得的和他們平分，
我以為這樣做，才能和你分享我的一切。
在快樂和苦痛裡，我都沒有站在人類的一邊，
我以為這樣做，才能和你站在一起。
我畏縮著不肯捨生，因此我沒有跳入生命的偉大的海洋裡。

78

當創世紀完成之初，繁星第一次射出燦爛的光輝，
眾神在天上集會，

唱著「呵，完美的畫圖，完全的快樂！」

有一位神忽然叫起來了：

「光鏈裡彷彿斷了一環，一顆星星走失了。」

他們金琴的弦子猛然折斷了，他們的歌聲停止了，

他們驚惶地叫著：

「對了，那顆走失的星星是最美的，她是諸天的光榮！」

從那天起，他們不住地尋找她，眾口相傳地說，

因為她丟了，世界失去了一種快樂。

只在嚴靜的夜裡，眾星微笑著互相低語說：

「尋找是無用的，無缺的完美正籠罩著一切！」

79

假如我今生無份遇到你，

就讓我永遠感到恨不相逢——讓我念念不忘，

讓我在醒時夢中都懷帶著這悲哀的苦痛。

當我的日子在世界的鬧市中度過，

當我的雙手滿捧著每日的盈利時，

讓我永遠覺得我是一無所獲——讓我念念不忘，

讓我在醒時夢中都帶著這悲哀的苦痛。

當我坐在路邊，疲乏喘息，當我在塵土中鋪設臥具，

讓我永遠記著前面還有悠悠的長路——讓我念念不忘，

讓我在醒時夢中都懷帶著這悲哀的苦痛。

當我的屋子裝飾好了，簫笛吹起，歡笑聲喧的時候，

讓我永遠覺得我還沒有請你光臨——讓我念念不忘，
讓我在醒時夢中都懷帶著這悲哀的苦痛。

80

我像一片秋天的殘雲，無主地在空中飄蕩，
呵，我的永遠光耀的太陽！
你的撫觸還沒有蒸發了我的水氣，
使我與你的光明合一，因此我計算著和你分離的悠長年月。
假如這是你的願望，假如這是你的遊戲，
就請把我這流逝的空虛染上顏色，鍍上金輝，
讓它在狂風中飄浮，舒卷成種種的奇觀。
而且假如你願意在夜晚結束了這場遊戲，我就在黑暗中，
或在泛白晨光的微笑中，在淨化的清涼中，溶化消失。

81

在許多閒散的日子，我婉惜著虛度了的光陰。
但是光陰並沒有虛度，我的主。
你掌握了我生命裡寸寸的光陰。
你潛藏在萬物的心裡，
培育著種子發芽，蓓蕾綻紅，花落結實。
我睏乏了，在閒榻上睡眠，想像一切工作都已停歇。
早晨醒來，我發現我的園裡，卻開遍了異蕊奇花。

82

你手裡的光陰是無限的，我的主。你的分秒是無法計算的。

夜去明來，時代像花開花落。你曉得怎樣來等待。

你的世紀，一個接著一個，來完成一朵小小的野花。

我們的光陰不能浪費，因為沒有時間，我們必須爭取機緣。

我們太窮苦了，決不可遲到。

因此，在我把時間讓給每一個性急的，向我索要時間的人，

我的時間就虛度了，最後你的神壇上就沒有一點祭品。

一天過去，我趕忙前來，怕你的門已經關閉；

但是我發現時間還有充裕。

83

聖母呵，我要把我悲哀的眼淚穿成珠鏈，掛在你的頸上。

星星把光明做成足鐲，來裝扮你的雙足，

但是我的珠鏈要掛在你的胸前。

名利自你而來，也全憑你的予取。

但這悲哀卻完全是我自己的，

當我把它當作祭品獻給你的時候，

你就以你的恩慈來酬謝我。

84

離愁彌漫世界，在無際的天空中生出無數的情境。

就是這離愁整夜地悄望星辰，

在七月陰雨之中，蕭蕭的樹籟變成抒情的詩歌。

就是這籠壓彌漫的痛苦，

加深而成為愛、欲，而成為人間的苦樂；

就是它永遠通過詩人的心靈，融化流湧而成為詩歌。

85

當戰士們從他們主公的明堂裡剛走出來，

他們的武力藏在哪裡呢？

他們的甲冑和干戈藏在哪裡呢？

他們顯得無助、可憐，

當他們從他們主公的明堂走出的那一天，

如雨的箭矢向著他飛射。

當戰士們整隊走回他們主公的明堂裡的時候，

他們的武力藏在哪裡呢？

他們放下了刀劍和弓矢；

和平在他們的額上放光，

當他們整隊走回他們主公的明堂的那一天，

他們把他們生命的果實留在後面了。

86

死亡，你的僕人，來到我的門前。

他渡過不可知的海洋臨到我家，來傳達你的召令。

夜色沉黑，我心中畏懼——

但是我要提起燈來，開起門來，鞠躬歡迎他。

因為站在我門前的是你的使者。我要含淚地合掌禮拜他。

我要把我心中的財產，放在他腳前，來禮拜他。

他的使命完成了就要回去，在我的晨光中留下了陰影；

在我蕭條的家裡，只剩下孤獨的我，作為最後獻你的祭品。

87

在無望的希望中，我在房裡的每一個角落找她；我找不到她。

我的房子很小，一旦丟了東西就永遠找不回來。

但是你的房子是無邊無際的，

我的主，為著找她，我來到了你的門前。

我站在你薄暮金色的天穹下，向你抬起渴望的眼。

我來到了永恆的邊涯，在這裡萬物不滅——

無論是希望，是幸福，或是從淚眼中望見的人面。

呵，把我空虛的生命浸到這海洋裡罷，

跳進這最深的完滿裡罷。

讓我在宇宙的完整裡，感覺一次那失去的溫馨的接觸罷。

88

破廟裡的神呵！

七弦琴的斷線不再彈唱讚美你的詩歌。

晚鐘也不再宣告禮拜你的時間。

你周圍的空氣是寂靜的。

流蕩的春風來到你荒涼的居所。

它帶來了香花的消息——

就是那素來供養你的香花，現在卻無人來呈獻了。

你的禮拜者，那些漂泊的旅人，

永遠在企望那還未得到的恩典。

黃昏來到，燈光明滅於塵影之中，

他睏乏地帶著飢餓的心回到這破廟裡來。

許多佳節都在靜默中來到，破廟的神呵。

許多禮拜之夜，也在無火無燈中度過了。

精巧的藝術家，造了許多新的神像，

當他們的末日來到了，便被拋入遺忘的聖河裡。

只有破廟的神遺留在無人禮拜的，不滅的冷淡之中。

89

我不再高談闊論了——

這是我主的意旨，從那時起我輕聲細語。

我心裡的話要用歌聲低唱出來。

人們急急忙忙地到國王的市場上去，買賣的人都在那裡。

但在工作正忙的正午，我就早早地離開。

那就讓花朵在我的園中開放，雖然花時未到；

讓蜜蜂在中午奏起他們慵懶的嗡哼曲調。

我曾把充分的時間，用在善惡的交戰裡，

但如今是我暇日遊伴的雅興，把我的心拉到他那裡去；
我也不知道這忽然的召喚，會引到什麼突出的奇景。

90

當死神來叩你門的時候，你將以什麼貢獻他呢？
呵，我要在我客人面前，擺上我滿斟的生命之杯——
我決不讓他空手回去。
我一切的秋日和夏夜的豐美的收穫，
我匆促的生命中的一切獲得和收藏，
在我臨終，死神來叩我的門的時候，
我都要擺在他的面前。

91

呵，你這生命最後的完成，
死亡，我的死亡，來對我低語吧！
我天天地在守望著你；為你，我忍受著生命中的苦樂。
我的一切存在，一切所有，一切希望和一切的愛，
總在深深的祕密中向你奔流。
你的眼睛向我最後一盼，我的生命就永遠是你的。
花環已為新郎編好，婚禮行過，新娘就要離家，
在靜夜裡和她的主人獨對了。

92

我知道這日子將要來到，當我眼中的人世漸漸消失，

生命默默地向我道別，把最後的帘幕拉過我的眼前。

但是星辰將在夜中守望，晨曦仍舊升起，

時間像海波的洶湧，激蕩著歡樂與哀傷。

當我想到我的時間的終點，時間的隔欄便破裂了，

在死的光明中，我看見了你的世界和這世界裡棄置的珍寶。

最低的座位是極其珍奇的，最小的生物也是世間少有的。

我追求而未得到和我已得到的東西──讓它們過去吧。

只讓我真正地據有了那些我所輕視和忽略的東西。

93

我已經請了假。

弟兄們，祝我一路平安吧！

我向你們大家鞠了躬就起程了。

我把我門上的鑰匙交還──

我把房子的所有權都放棄了。

我只請求你們最後的幾句好話。

我們做過很久的鄰居，但是我接受的多，給與的少。

現在天已破曉，我黑暗屋角的燈光已滅。

召命已來，我就準備啟行了。

94

在我動身的時光，祝我一路福星罷，我的朋友們！

天空裡晨光輝煌，我的前途是美麗的。

不要問我帶些什麼到那邊去。

我只帶著空空的手和企望的心。

我要戴上我婚禮的花冠。

我穿的不是紅褐色的行裝，

雖然間關險阻，我心裡也沒有懼怕。

旅途盡處，黃昏星將現，從王宮門口將響起黃昏的哀樂。

95

當我剛跨過此生的門檻的時候，我並沒有發覺。

是什麼力量使我在這無邊的神祕中開放，

像一朵蓓蕾，午夜在森林裡綻放！

早起我看到光明，我立刻覺得在這世界裡我不是一個生人，

那不可思議，不可名狀的，

已以我自己母親的形象，把我抱在懷裡。

就是這樣，在死亡裡，

這同一的不可知者又要以我熟識的面目出現。

因為我愛今生，我知道我也會一樣地愛死亡。

當母親從嬰兒口中拿開右乳的時候，

他就啼哭，但他立刻又從左乳得到了安慰。

96

當我走的時候，讓這個作我的別話吧，

就是說我所看過的是卓絕無比的。

我曾嘗過在光明海上開放的蓮花裡的隱蜜，

因此我受了祝福——讓這個做我的別話吧。

在這形象萬千的遊戲室裡，

我已經遊玩過，在這裡我已經瞥見了那無形象的他。

我渾身上下因著那無從接觸的他的撫摸而喜顫；

假如死亡在這裡來臨，

就讓它來好了——讓這個作我的別話罷。

97

當我是同你做遊戲的時候，我從來沒有問過你是誰。

我不懂得羞怯和懼怕，我的生活是熱鬧的。

清晨你就來把我喚醒，像我自己的伙伴，帶我跑過林野。

那些日子，我從來不想去了解你對我唱的歌曲的意義。

我只隨聲附和，我的心隨節奏跳舞。

現在，遊戲的時光已過，

這突然來到我眼前的情景是什麼呢？

世界低下眼來看著你的雙腳，

和它的肅靜的眾星一同敬畏地站著。

98

我要以戰利品——是我失敗的花環，來裝飾你。

我總是被征服，而無法逃避。

我總知道我的驕傲會碰壁，

我的生命將因著極端的痛苦而炸裂，

我空虛的心將像葦管嗚咽地哀鳴，頑石也融成眼淚。

我知道蓮花的百瓣不會永遠閉合，深藏的花蜜定將顯露。

從碧空將有一隻眼睛向我凝視，在默默地召喚我。

我將空無所有，絕對的空無所有，

我將從你腳下領受絕對的死亡。

99

當我放下舵盤，我知道你來接收的時候到了。

該做的事立刻要做了，掙扎是無用的。

那就把手拿開，靜默地承認失敗罷，

我的心呵，要想到能在你的崗位上默坐，還算是幸運的。

我的幾盞燈都被一陣陣的微風吹滅了，

為想把它們重新點起，我屢屢地把其他的事情都忘了。

這次我要聰明一點，把我的席子鋪在地上，在暗中等候；

什麼時候你高興，我的主，悄悄地走來坐下吧。

100

我跳進形象海洋的深處,

希望能得到那無形象的完美的珍珠。

我不再以我的舊船去走遍海港,

我樂於弄潮的日子早已過去了。

現在我渴望死於不死之中。

我要拿起我的生命的弦琴,進入無底深淵旁邊,

那座湧出無調樂音的大廳堂裡。

我要調撥我的琴弦,和永恆的樂音合拍,

當它嗚咽出最後的聲音時,

就把我靜默的琴兒放在靜默的腳邊。

101

我這一生永遠以詩歌來尋求你。

它們領我從這門走到那門,

我和它們一同摸索,尋求著,接觸著我的世界。

我所學過的功課,都是詩歌教給我的;

它們把捷徑指示給我,

它們把我心裡地平線上的許多星辰,帶到我的眼前。

它們整天地帶領我走向苦痛和快樂的神祕之國,

最後,在我旅程終點的黃昏,

它們要把我帶到了哪一座宮殿的門前呢?

102

我在人前誇說我認得你。

在我的作品中，他們看到了你的畫像，

他們走來問：「他是誰？」

我不知道怎麼回答。

我說：「真的，我說不出來。」

他們斥責我，輕蔑地走開了。

你卻坐在那裡微笑。

我把你的事跡編成不朽的詩歌。

祕密從我心中湧出。

他們走來問我：「把所有的意思都告訴我們吧。」

我不知怎樣回答。

我說：「呵，誰知道那是什麼意思！」

他們哂笑了，鄙夷之極地走開了。

你卻坐在那裡微笑。

103

在我向你合十膜拜之中，我的上帝，

讓我一切的感知都舒展在你的腳下，接觸這個世界。

像七月的濕雲，帶著未落的雨點沉沉下垂，

在我向你合十膜拜之中，

讓我的全副心靈在你的門前俯伏。

讓我所有的詩歌，聚集起不同的調子，
在我向你合十膜拜之中，
成為一股洪流，傾注入靜寂的大海。
像一群思鄉的鶴鳥，日夜飛向他們的山巢，
在我向你合十膜拜之中，讓我全部的生命，
起程回到它永久的家鄉。

PART 3

園丁集

1

僕人

請對您的僕人開恩吧，我的女王！

女王

集會已經結束，我的僕人們都走了。

你為什麼來得這麼晚呢？

僕人

您同別人談過以後，就是我的時間了。

我是來問有什麼剩餘的工作，

好讓您的最後一個僕人去做。

女王

在這麼晚的時間，你還想做什麼呢？

僕人

讓我做您花園裡的園丁吧。

女王

這是什麼傻念頭啊？

僕人

我要擱下別的工作。

我把我的劍矛扔在塵土裡。

不要差遣我去遙遠的宮廷；

不要命令我去做新的征討。

只求您讓我做花園裡的園丁。

女王

你的職責是什麼呢？

僕人

為您閒散的日子服務。

我要保持您清晨散步的花徑清爽新鮮，

您每一移步將有盛大歡迎的繁花，

以讚頌來歡迎您的雙足。

我將在七葉樹的枝間推送您的鞦韆；

向晚的月亮將掙扎著從葉隙裡吻您的衣裙。

我將在您床邊的燈盞裡添滿香油，

我將用檀香和番紅花膏在您腳墊上塗畫上美妙的花樣。

女王

你要什麼酬報呢？

僕人

只要您允許我像握著嫩柔的菡萏一般地握住您的纖手，

把花串套上您的手腕；

允許我用無憂花的紅汁來染你的腳底，

以親吻來拂去那偶然留在那裡的塵埃。

女王

你的祈求被接受了，我的僕人，

你將是我花園裡的園丁。

2

「呵，詩人，夜晚漸臨；你的頭髮已經變白。
「在你孤寂的沉思中，聽到了來生的消息嗎？」

「是夜晚了。」詩人說，「夜雖已晚，我還在靜聽，因為也許有人會從村中呼喚。」
「我看守著，是否有年輕的飄泊的心聚在一起，兩對渴望的眼睛祈求有音樂來打破他們的沉默，並替他們訴衷情。」
「如果我坐在生命的岸邊默想著死亡和來世，又有誰來編寫他們的熱情的詩歌呢？」

「早現的黃昏星消隱了。」
「火葬灰中的紅光，在沉靜的河邊慢慢熄滅下去。」
「殘月的微光下，胡狼從空宅的庭院裡齊聲噪叫。」
「假如有遊子們離了家，到這裡來守夜，低頭靜聽黑暗的微語，有誰把生命的祕密向他耳邊低訴呢，如果我關起門戶，企圖擺脫世俗的牽纏？」

「我的頭髮變白是一件小事。」
「我永遠和這村裡最年輕的一樣年輕，最年老的一樣年老。」
「有人發出甜柔單純的微笑，有的人眼裡含著狡點的閃光。」

「有人在白天流湧著眼淚，有的人的眼淚卻隱藏在幽暗裡。」
「他們都需要我，我沒有時間去冥想來生。」
「我和每一個人都是同年的，我的頭髮變白了又該怎樣呢？」

3

早晨，我把網撒在海裡。
我從沉黑的深淵拉出奇形奇美的東西——
有些像微笑般地發亮，有些像眼淚般地閃光，
有的暈紅得像新娘的雙頰。
當我攜帶著這一天的收獲回到家裡的時候，
我愛正坐在園裡優閒地扯著花葉。
我沉吟了一會，
就把我撈得的一切放在她的腳前，沉默地站著。
她瞥了一眼說：
「這是些什麼怪東西？我不知道這些東西有什麼用處！」
我羞愧得低了頭，心想：
「我並沒有為這些東西去奮鬥，也不是從市場裡買來的；這不
是一些配送給她的禮物。」
於是，一夜之間，我把這些東西一件一件地丟到街上。
早晨，旅人來了；他們把這些拾起帶到遠方去了。

4

我真煩，為什麼他們把我的房子蓋在通向市鎮的路邊呢？

他們把滿載的船隻拴在我的樹上。

他們任意地來去遊逛。我坐著看著他們，光陰都消磨了。

我不能回絕他們。這樣我的日子便過去了。

日日夜夜他們的足音在我門前走動。

我徒然地叫道：「我不認識你們。」

有些人是我的手指所認識的，

有些人是我的鼻孔所認識的，

我脈管中的血液似乎認得他們，

有些人是我的魂夢所認識的。我不能回絕他們。

我呼喚他們說：「誰願意到我房子裡來就請來吧，來吧。」

清晨，廟裡的鐘聲敲起。

他們提著筐子來了。他們的腳像玫瑰般紅。

黎明的晨光照在他們臉上。我不能回絕他們。

我呼喚他們說：「到我園裡來採花吧。到這裡來吧。」

中午，鐘聲在廟殿門前敲起。

我不知道他們為什麼放下工作在我籬畔流連。

他們髮上的花朵已經褪色枯萎了；

他們橫笛裡的音調也顯得乏倦。我不能回絕他們。

我呼喚他們說：「我的樹蔭下是涼爽的。來吧，朋友們。」

夜裡，蟋蟀在林中唧唧地叫。

是誰慢慢地來到我的門前輕輕地敲叩？

我模糊地看到他的臉，

他一句話也沒說，四圍是天空的靜默。

我不能回絕我的沉默的客人。

我從黑暗中望著他的臉，夢幻的時間過去了。

ㄅ

我心緒不寧。我渴望著遙遠的事物。

我的靈魂在極想中走出，要去摸觸幽暗的遠處的邊緣。

呵，「偉大的遠方」，

呵，你笛聲的高亢的呼喚！

我忘卻了，我總是忘卻了，

我沒有奮飛的翅翼，我永遠被束縛在這個地方。

我切望而又清醒，我是一個異鄉的異客。

你的氣息向我低語出一個不可能的希望。

我的心懂得你的語言，就像它懂得自己的語言一樣。

呵，「遙遠的尋求」，

呵，你笛聲的高亢的呼喚！

我忘卻了，我總是忘卻了，

我不認得路，我也沒有長翅膀的天馬。

我心緒不寧，我是自己心中的流浪者。

在疲倦時光的日靄中，

你廣大的幻象在天空的蔚藍中顯現！

呵，「最遠的盡頭」，

呵，你笛聲的高亢的呼喚！

我忘卻了，我總是忘卻了，

在我獨居的房子裡，所有的門戶都是緊閉的啊！

6

家鳥是在籠子裡，自由鳥是在森林中。

時間到了，他們相會，這是命中注定的。

自由鳥說：「呵，我愛，讓我們飛到林中去吧。」

籠中鳥低聲說：「到這裡來吧，讓我倆都住在籠裡。」

自由鳥說：「在柵欄中間，哪有展翅的餘地呢？」

「可憐呵，」籠中鳥說，「在天空中我不曉得到哪裡去棲息。」

自由鳥叫喚說：「我的寶貝，唱起林野之歌吧。」

籠中鳥說：「坐在我旁邊吧，我要教你說學者的語言。」

自由鳥叫喚說：「不，不！歌曲是不能傳授的。」

籠中鳥說：「可憐的我呵，我不會唱林野之歌。」

他們的愛情因渴望而更加熱烈，

但是他們永不能比翼雙飛。

他們隔欄相望，而他們相知的願望是虛空的。

他們在依戀中振翼，唱說：「靠近些吧，我愛！」

自由鳥叫喚說：「不可能的，我怕這籠子的緊閉的門。」

籠中鳥低聲說：「我的翅翼是無力的，而且僵硬了。」

7

呵，母親，年輕的王子要從我們門前走過，

——今天早晨我哪有心思幹活呢？

教我怎樣挽髮；告訴我應該穿哪件衣裳。

你為什麼驚訝地望著我呢，母親？

我深知他不會仰視我的窗戶；

我知道一剎那間他就要走出我的視線以外；

只有那殘曳的笛聲將從遠處向我嗚咽。

但是那年輕的王子將從我們門前走過，

這一刻我要穿上我最好的衣裳。

呵，母親，年輕的王子已經從我們門前走過了，

從他的車輦裡射出朝日的金光。

我掠開面紗，我扯下紅玉的頸環，扔在他走來的路上。

你為什麼驚訝地望著我呢，母親？

我深知他沒有拾起我的頸環；

我知道它在他的輪下碾碎了，

在塵土上留下了紅斑，

沒有人曉得我的禮物是什麼樣子，也不知道是誰給的。

但是那年輕的王子曾經從我們門前走過，

我也曾經把我胸前的珍寶投在他走來的路上了。

8

當我床前的燈熄滅了，我和晨鳥一同醒起。

我在散髮上戴上新鮮的花串，坐在打開的窗前。

那年輕的行人，在玫瑰色的朝靄中從大路上來了。

珠鏈在他的頸上，陽光在他的冠上。

他停在我的門前，用切望的呼聲問我：「她在哪裡呢？」

因為深深害羞，我不好意思說出：「她就是我，年輕的行人，

她就是我。」

黃昏來到，還未上燈。我心緒不寧地編著頭髮。

在落日的光輝中，年輕的行人駕著車輦來了。

他的駕車的馬，嘴裡噴著白沫，他的衣袍上蒙著塵土。

他在我的門前下車，用疲乏的聲音問：「她在哪裡呢？」

因為深深害羞，我不好意思說出：「她就是我，愁倦的行人，

她就是我。」

一個四月的夜晚。我的屋裡點著燈。

南風溫柔地吹來。多言的鸚鵡在籠裡睡著了。
我的胸衣和孔雀頸毛一樣地華彩，
我的斗篷和嫩草一樣地碧綠。
我坐在窗前地上看望著冷落的街道。
在沉黑的夜中，我不住地低吟著：「她就是我，失望的行人，
她就是我。」

9

當我在夜裡獨赴幽會的時候，
鳥兒不叫，風兒不吹，
街道兩旁的房屋沉默地站立著。
我是自己的腳鐲越走越響使我羞怯。

當我站在涼台上傾聽他的足音，
樹葉不搖，河水靜止像熟睡的哨兵膝上的刀劍。
是我自己的心在狂跳──我不知道怎樣使它寧靜。

當我愛來了，坐在我身旁，
當我的身軀震顫，我的眼睫下垂，
夜更深了，風吹燈滅，雲片在繁星上曳過輕紗。
是我自己胸前的珠寶放出光明。我不知道怎樣把它遮起。

10

放下你的工作吧，我的新娘。聽，客人來了。

你聽見沒有，他在輕輕地搖動那拴門的鏈子？

小心不要讓你的腳鐲響出聲音，

在迎接他的時候你的腳步不要太急。

放下你的工作吧，新娘，客人在晚上來了。

不，這不是一陣陰風，新娘，不要驚惶。

這是四月晚上的滿月；

院裡的影子是暗淡的，頭上的天空是明亮的。

把輕紗遮上臉，若是你覺得需要；

提著燈到門前去，若是你害怕。

不，這不是一陣陰風，新娘，不要驚惶。

若是你害羞就不必和他說話，

你迎接他的時候只須站在門邊。

他若問你話，如果你願意緘默，

那就不妨默默垂下你的眼眸。

不要讓你的手鐲作響，

當你提著燈，帶他進來的時候。

不必同他說話，如果你害羞。

你的工作還沒有做完麼，新娘？聽，客人來了。

你還沒有把牛柵裡的燈點起來麼？

你還沒有把晚禱的花藍準備好麼？
你還沒有在分梳髮際處塗上鮮紅的吉祥點，
你還沒有理過晚妝麼？
呵，新娘，你沒有聽見，客人來了麼？
放下你的工作吧！

11

你就這樣地來吧；不要在梳妝上消磨時間了。
即使你的辮髮鬆散，即使你的髮縫沒有分直，
即使你裹衣的絲帶沒有繫好，都不要管它。
你就這樣地來吧；不要在梳妝上消磨時間了。

來吧，用快步踏過草坪。
即使露水沾掉了你腳上的紅粉，即使你踝上的鈴串鬆了，
即使你鏈上的珠兒脫落，都不要管它。
來吧，用快步踏過草坪吧。

你沒看見雲霧遮住天空麼？鶴群從遠遠的河岸飛起，
狂風吹過常青的灌木。驚牛奔向村裡的柵棚。
你沒看見雲霧遮住天空麼？
你徒然點上晚妝的燈火——它顫搖著在風中熄滅了。
誰能看出你眼睫上沒有塗上烏煙？
因為你的眼睛比雨雲還黑。

你徒然點上晚妝的燈火──它熄滅了。

你就這樣地來吧，不要在梳妝上消磨時間了。
即使花環沒有穿好，誰管它呢；
即使手鐲沒有扣上，讓它去吧。
天空被陰雲塞滿了──時間已晚。
你就這樣地來吧；不要在梳妝上消磨時間了。

12

若是你要忙著把水瓶灌滿，來吧，到我的湖上來吧。
湖水將回繞在你的腳邊，潺潺地說出它的祕密。
沙灘上有了欲來的雨雲的陰影，
雲霧低垂在叢樹的綠線上，像你眉上的濃髮。
我深深地熟悉你腳步的韻律，它在我心中敲擊。
來吧，到我的湖上來吧，如果你必須把水瓶灌滿。

如果你想懶散閒坐，讓你的水瓶飄浮在水面，
來吧，到我的湖上來吧。
草坡碧綠，野花多得數不清。
你的思想將從你烏黑的眼眸中飛出，
像鳥兒飛出窩巢。你的披紗將褪落到腳上。
來吧，如果你要閒坐，到我的湖上來吧。

如果你想撇下嬉戲跳進水裡，來吧，到我的湖上來吧。

把你的蔚藍的絲巾留在岸上；蔚藍的水將沒過你，蓋住你。

水波將躡足來吻你的頸項，在你耳邊低語。

來吧，如果你想跳進水裡，到我的湖上來吧。

如果你想發狂而投入死亡，來吧，到我的湖上來吧。

它是清涼的，深到無底。它沉黑得像無夢的睡眠。

在它的深處黑夜就是白天，歌曲就是靜默。

來吧，如果你想投入死亡，到我的湖上來吧！

13

我一無所求，只站在林邊樹後。

倦意還逗留在黎明的眼上，露潤在空氣裡。

濕草的懶味懸垂在地面的薄霧中。

在榕樹下你用乳油般柔嫩的手擠著牛奶。

我沉靜地站立著。

我沒有說出一個字。

那是藏起的鳥兒在密葉中歌唱。

芒果樹在樹徑上撒著繁花，蜜蜂一隻隻地嗡嗡飛來。

池塘邊濕婆天的廟門開了，朝拜者開始誦經。

你把罐兒放在膝上擠著牛奶。

我提著空桶站立著。

我沒有走近你。

天空和廟裡的鑼聲一同醒起。街塵在驅走的牛蹄下飛揚。

把汩汩發響的水瓶摟在腰上，女人們從河邊走來。

你的手鐲叮噹，乳沫溢出罐沿。

晨光漸逝而我沒有走近你。

14

我在路邊行走，也不知道為什麼，時已過午，

竹枝在風中簌簌作響。橫斜的影子伸臂拖住流光的雙足。

布穀鳥都唱倦了。

我在路邊行走，也不知道為什麼。

低垂的樹蔭蓋住水邊的茅屋。

有人正忙著工作，她的手鐲在一角發出樂聲。

我在茅屋前面站著，我不知道為什麼。

曲徑穿過一片芥菜田地和幾層芒果樹林。

它經過村廟和渡頭的市集。

我在這茅屋面前停住了，我不知道為什麼。

好幾年前，三月風吹的一天，

春天倦慵地低語，芒果花落在地上。

浪花跳起掠過立在渡頭階沿上的銅瓶。

我想著三月風吹的這一天，我不知道為什麼。

夜影更深，牛群歸欄。
冷落的牧場上暮色蒼茫，村人在河邊待渡。
我緩步回去，我不知道為什麼。

15

我像麑鹿一樣在林蔭中奔走，為著自己的香氣而發狂。
夜晚是五月正中的夜晚，清風是南國的清風。
我迷了路，我遊蕩著，我尋求那得不到的東西，
我得到我所沒有尋求的東西。

我自己的願望的形象從我心中走出，跳起舞來。
這閃光的形象飛掠過去。我想把它緊緊捉住，
它躲開了又引著我飛走下去。
我尋求那得不到的東西，我得到我所沒有尋求的東西。

16

手握著手，眼戀著眼；這樣開始了我們的心的紀錄。
這是三月的月明之夜；空氣裡有鳳仙花的芬芳；
我的橫笛拋在地上，你的花串也沒有編成。
你我之間的愛，像歌曲一樣地單純。

你橙黃色的面紗使我眼睛陶醉。
你給我編的茉莉花環使我心震顫，像是受了讚揚。
這是一個又予又留、又隱又現的遊戲；
有些微笑，有些嬌羞，也有些甜柔的無用的抵攔。
你我之間的愛，像歌曲一樣的單純。

沒有現在以外的神祕；不強求那做不到的事情；
沒有魅惑後面的陰影；沒有黑暗深處的探索。
你我之間的愛，像歌曲一樣的單純。

我們沒有走出一切語言之外進入永遠的沉默；
我們沒有向空虛舉手尋求希望以外的東西。
我們付與，我們取得，這就夠了。
我們沒有把喜樂壓成微塵來榨取痛苦之酒。
你我之間的愛，像歌曲一樣的單純。

17

黃鳥在自己的樹上歌唱，使我的心喜舞。
我們兩人住在一個村子裡，這是我們的一份快樂。
她心愛的一對小羊，到我園子的樹蔭下吃草。
牠們若誤進了麥地，我就把牠們抱在臂裡。
我們的村子名叫康遮那，人們管我們的小河叫安遮那。
我的名字村人都知道，她的名字是軟遮那。

我們中間只隔著一塊田地。

在我們樹裡做窩的蜜蜂，飛到他們林中去採蜜。

從他們渡頭街上流來的落花，飄到我們洗澡的池塘裡。

一筐一筐的乾紅花從他們地裡送到我們的市集上。

我們村子名叫康遮那，人們管我們的小河叫安遮那。

我的名字村人都知道，她的名字是軟遮那。

到她家去的那條曲巷，春天充滿了芒果的花香。

他們亞麻子收成的時候，我們地裡的萱麻正在開放。

在他們房上微笑的星辰，送給我們以同樣的閃亮。

在他們水槽裡滿溢的雨水，也使我們的迦曇樹林喜樂。

我們村子名叫康遮那，人們管我們的小河叫安遮那。

我的名字村人都知道，她的名字是軟遮那。

18

當這兩個姊妹出去打水時，她們來到這地點，她們微笑了。

她們一定覺察到，每次出來打水時，那個站在樹後的人兒。

姊妹倆相互耳語，當她們走過這地點的時候。

她們一定猜到了，每逢出來打水時，那個人站在樹後的祕密。

她們的水瓶忽然傾倒，水倒出來了，當她們走到這裡時。

她們一定發覺，每逢出來打水時，那個站在樹後的人的心跳。

姊妹倆相互瞥了一眼又微笑了，當她們來到這地點的時候。
她們飛快的腳步裡帶著笑聲，
使這個每逢她們出來打水時，站在樹後的人兒心魂撩亂了。

19

你腰間掛著灌滿的水瓶，在河邊路上行走。
你為什麼急遽地回頭，從飄揚的面紗裡偷偷地看我？
這個從黑暗中向我送來的投射，像涼風在粼粼的微波上掠過，
一陣震顫直到朦朧的岸邊。它向我飛來，
像夜中的小鳥急遽地穿過無燈的屋子兩側洞開的窗戶，
又在黑夜中消失了。
你像一顆隱在山後的星星，我是路上的行人。
但是你為什麼站了一會，從面紗中瞥視我的臉，
當你腰間掛著灌滿的水瓶在河邊路上行走的時候？

20

他天天來了又走了。
去吧，把我頭上的花朵送去給他吧，我的朋友。
假如他問贈花的人是誰，
請你不要把我的名字告訴他——因為他來了又要走的。

他坐在樹下的地上。
用繁花密葉給他敷設一個座位吧，我的朋友。

他的眼神是憂鬱的，它把憂鬱帶到我的心中。

他沒有說出他的心事；他只是來了又走了。

21

他為什麼特地來到我的門前，

這年輕的遊子，當天色黎明的時候？

每次我進出經過他的身旁，

我的眼睛總被他的面龐所吸引。

我不知道我是應該同他說話還是保持沉默。

他為什麼特地到我門前來呢？

七月的陰夜是黑沉的；秋日的天空是淺藍的，

南風把春天吹得心神不寧。

他每次用新調編著新歌。

我放下活計眼裡充滿霧水。他為什麼特地到我門前來呢？

22

當她用快步走過我的身旁，她的裙緣觸到了我。

從一顆心的無名小島上，忽然吹來了一陣春天的溫馨。

一霎飛觸的撩亂掃拂過我，立刻又消失了，

像扯落了的花瓣在和風中飄揚。

它落在我的心上，像她的身軀的嘆息和她心靈的低語。

23

你為什麼優閒地坐在那裡，把鐲子玩得叮噹作響呢？
把你的水瓶灌滿了吧。是你應當回家的時候了。

你為什麼優閒地撥弄著水玩。
偷偷地瞥視路上的行人呢？灌滿你的水瓶回家去吧。

早晨的時間過去了——沉黑沉沉的水不住地流逝。
波浪相互低語嬉笑閒玩著。
流蕩的雲片聚集在遠野高地的天邊。
它們留連著優閒地看著你的臉微笑著。
灌滿你的水瓶回家去吧。

24

不要把你心的祕密藏起，我的朋友！
對我說吧，悄悄地對我一個人說吧，
你這個笑得這樣溫柔、說得這樣輕軟的人，
我的心將聽著你的語言，不是我的耳朵。

夜深沉，庭寂靜，鳥巢也被睡眠籠罩著。
從躊躇的眼淚裡，從沉吟的微笑裡，
從甜柔的羞怯和痛苦裡，把你心的祕密告訴我吧！

25

「到我們這裡來吧，青年人，老實告訴我們，為什麼你眼裡帶著瘋癲？」

「我不知道我喝了什麼野罌粟花酒，使我的眼帶著瘋癲。」

「呵，多難為情！」

「好吧，有的人聰明有的人愚拙，有的人細心有的人馬虎。
有的眼睛會笑，有的眼睛會哭——我的眼睛是帶著瘋癲的。」

「青年人，你為什麼這樣凝立在樹影下呢？」

「我的腳被我沉重的心壓得疲倦了，我就在樹影下凝立著。」

「呵，多難為情！」

「好吧，有人一直行進，有人到外流連，有的人是自由的，
有的人是鎖住的——我的腳被我沉重的心壓得疲倦了。」

26

「從你慷慨的手裡所付予的，我都接受。我別無所求。」

「是了，是了，我懂得你，謙卑的乞丐，你是乞求一個人的一
切所有。」

「若是你給我一朵飄落的殘花，我也要把它戴在心上。」

「若是那花上有刺呢？」

「我就忍受著。」

「是了，是了，我懂得你，謙卑的乞丐，你是乞求一個人的一切所有。」

「如果你只在我臉上瞥來一次愛憐的眼光，就會使我的生命直到死後還是甜蜜的。」
「假如那只是殘酷的眼色呢？」
「我要讓它永遠穿刺我的心。」
「是了，是了，我懂得你，謙卑的乞丐，你是乞求一個人的一切所有。」

27

「即使愛只給你帶來了哀愁，也信任它。不要把心關起來。」
「呵，不，我的朋友，你的話語太隱晦了，我不懂得。」

「心是應該和一滴眼淚、一首詩歌一起送給人的，我愛。」
「呵，不，我的朋友，你的話語太隱晦了，我不懂得。」

「喜樂像露珠一樣地脆弱，它在歡笑中死去，哀愁卻是堅強而耐久。讓含愁的愛在你眼中醒來吧。」
「呵，不，我的朋友，你的話語太隱晦了，我不懂得。」

「荷花在日中開放，丟掉了自己的一切所有。在永生的冬霧之中，它將不再含苞待放。」

「呵，不，我的朋友，你的話語太隱晦了，我不懂得。」

28

你疑問的眼光是悲傷的。

它要追探了解我的意思，好像月亮探測大海。

我已經把我生命的終始，全部暴露在你的眼前，

沒有任何隱祕和保留。這就是你為什麼不了解我的原因。

假如它是一塊寶石，

我就能把它碎成千百顆粒，穿成項鏈掛在你的頸上。

假如它是一朵花，

渾圓玲瓏又芳香，我就能從枝上採來戴在你的髮上。

但是它是一顆心，我的愛人。何處是它的邊和底呢？

你不知道這個王國的邊界，但你仍是這王國的女王。

假如它是片刻歡娛，它將在喜笑中開花，你立刻就會懂得了。

假如它是一陣痛苦，它將融化成晶瑩眼淚，

不用說一句話地反映出它最深的祕密。

但是它是愛，我的愛人。

它的歡樂和痛苦是無邊的，它的需求和財富是無盡的。

它和你親近得像你的生命一樣，但是你永遠不能完全了解它。

29

對我說吧，我愛！用言語告訴我你唱的是什麼。

夜是深黑的，星星消失在雲裡，

風在葉叢中嘆息。我將披散我的頭髮，

我的青藍的披風將像黑夜一樣地緊裹著我。

我將把我的頭緊抱在胸前：在甜柔的寂寞中在你心頭低訴。

我將閉目靜聽。我不會看望你的臉。

等你的話說完，我們將沉默凝坐。只有叢樹在暗中微語。

夜將發白。天光將曉。

我們將望望彼此的眼睛，然後各走各的路。

對我說話吧，我愛！用言語告訴我你唱的是什麼。

30

你是一朵晚霞，在我夢幻中的天空浮泛。

我永遠用愛戀的渴想來描畫你。

你是我的，我一個人的，我無盡的夢幻中的居住者！

你的雙腳被我心中欲望的霞光染得緋紅，

我落日之歌的搜集者！

我的痛苦之酒使你的唇兒苦甜。

你是我的，我一個人的，我寂寥的夢幻中的居住者！

我用熱情的濃影染黑了你的眼睛；

我的凝視深處的靈魂！我捉住了你，纏住了你，

我愛，在我音樂的羅網裡。

你是我的，我一個人的，我永生的夢幻中的居住者！

31

我的心，這隻野鳥，在你的雙眼中找到了天空。

它們是清曉的搖籃，它們是星辰的王國。

我的詩歌在它們的深處消失。

只讓我在這天空中高飛，翱翔在靜寂的無限空間裡。

只讓我衝破它的雲層，在它的陽光中展翅吧。

32

告訴我，這一切是否都是真的。

我的情人，告訴我，這是否真的。

當這一對眼睛閃出電光，你胸中的濃雲發出風暴的回答。

我的唇兒，是真像覺醒的初戀的蓓蕾那樣香甜麼？

消失了的五月的回憶，仍舊流連在我的身上麼？

那大地，像一張琴，真因著我雙足的踏觸而顫成詩歌麼？

那麼當我來時，從夜的眼睛裡真的落下露珠，

晨光也真因為圍繞我的身軀而感到喜悅麼？

是真的麼，是真的麼，

你的愛貫穿許多時代、許多世界來尋找我麼？

當你最後找到了我，你天長地久的渴望，

在我的溫柔的話裡，在我的眼睛嘴唇和飄揚的頭髮裡，

找到了完全的寧靜麼？

那麼「無限」的神祕是真的寫在我小小的額上麼？

告訴我，我的情人，這一切是否都是真的。

33

我愛你，我的愛人。請饒恕我的愛。
像一隻迷路的鳥，我被捉住了。
當我的心戰抖的時候，
它丟了面紗，變成了裸露。用憐憫遮住它吧。
愛人，請饒恕我的愛。

如果你不能愛我，愛人，
請饒恕我的痛苦。不要遠遠地斜視我。
我將偷偷地回到我的角落裡去，在黑暗中坐地。
我將用雙手掩起我裸露的羞慚。
轉過臉去吧，我的愛人，請饒恕我的痛苦。

如果你愛我，愛人，請饒恕我的歡樂。
當我的心被快樂的洪水捲走的時候，
不要笑我的洶湧的退卻。
當我坐在寶座上，用我暴虐的愛來統治你的時候，
當我像女神一樣向你施恩的時候，
饒恕我的驕傲吧，愛人，也饒恕我的歡樂。

34

不要不辭而別，我的愛。

我看望了一夜，現在我臉上睡意重重。

只恐我在睡中把你丟失了。不要不辭而別，我的愛。

我驚起伸出雙手去摸觸你，

我問自己說：「這是一個夢麼？」

但願我能用我的心繫住你的雙足，

緊抱在胸前！不要不辭而別，我的愛。

35

唯恐我太容易地認得你，你對我耍花招。

你用歡笑的閃光，使我目盲來掩蓋你的眼淚。

我知道，我知道你的妙計，你從來不說出你所要說的話。

唯恐我不珍愛你，你千方百計地閃避我。

只恐我把你和大家混在一起，你獨自站在一邊。

我知道，我知道你的妙計，你從來不走你所要走的路。

你的要求比別人都多，因此你才靜默。

你用嬉笑漫不經心的態度來迴避我的贈與。

我知道，我知道你的妙計，

你從來不肯接受你想接受的東西。

36

他低聲說：「我的愛，抬起眼睛吧。」
我嚴厲地責罵他說：「走開！」但是他不動。
他站在我面前拉住我的雙手。
我說：「別纏著我！」但是他沒有走。

他把臉靠近我的耳邊。
我瞪他一眼說：「不要臉！」但是他沒有動。
他的嘴唇觸到我的腮頰。
我震顫了，說：「你太放肆了！」但是他不害羞。

他把一朵花插在我髮上。
我說：「這也沒有用處！」但是他站著不動。
他取下我頸上的花環就走開了。
我哭了，問我的心說：「他為什麼不回來呢？」

37

「你願意把你鮮花的花環掛在我頸上麼，美人？」
但是你要曉得，我編的那個花環，
是為大家的，為那些偶然瞥見的人，
住在未開發的大地上的人，住在詩人歌曲裡的人。

現在來請求我的心作為答贈，已經太晚了。

曾有一個時候，我的生命像一朵蓓蕾，

它所有的芬芳都儲藏在花心裡。

現在它已遠遠地噴溢四散。

誰曉得什麼魅力，可以把它們收集關閉起來呢？

我的心不容我只給一個人，它是要給與許多人的。

38

我的愛，從前有一天，你的詩人把一首偉大史詩投進了心裡。

呵，我不小心，它打到你的叮噹的腳鐲上而引起悲愁。

它裂成詩歌的碎片散灑在你的腳邊。

我滿載的一切古代戰爭的貨物，

都被笑浪所顛簸，被眼淚浸透而下沉。

你必須使這損失成為我的收獲，我的愛。

如果我的死後不朽的榮名的希望都破滅了，

那就在生前使我不朽吧。

我將不為這損失傷心，也不責怪你。

39

整個早晨我想編一個花環，但是花兒滑掉了。

你坐在一旁偷偷地從瞄著我的眼角看我。

問這一對沉黑的惡作劇的眼睛，這是誰的錯。

我想唱一支歌，但是唱不出來。

一個暗笑在你唇上顫動；你問它我失敗的緣由。

讓你微笑的唇兒發一個誓，

說我的歌聲怎樣地消失在沉默裡，

像一隻在荷花裡沉醉的蜜蜂。

是黃昏了，是花瓣合起的時候了。

容許我坐在你的旁邊，容許我的唇兒做那在沉默中，

在星辰的微光中所能做的工作吧。

40

一個懷疑的微笑在你眼中閃爍，當我來向你告別的時候。

我這樣做的次數太多了，你想我很快又會回來。

告訴你實話，我自己心裡也有同樣的懷疑。

因為春天年年回來；滿月道過別又來訪問，

花兒每年回來在枝上紅暈著臉兒，

很可能我向你告別只為的要再回到你的身邊。

但是把這幻象保留一會吧，不要冷酷輕率地把它趕走。

當我說我要永遠離開你的時候，就當作真話來接受它，

讓淚霧暫時加深你眼邊的黑影。

當我再來的時候，隨便你怎樣地嘲笑吧。

41

我想對你說我要說的最深情的話語，我不敢，我怕你哂笑。
因此我嘲笑自己，把我的祕密在玩笑中打碎。
我把我的痛苦說得輕鬆，因為怕你會這樣做。

我想對你說出我要說的最真的話語，我不敢，我怕你不信。
因此我弄真成假，說出和我的真心相反的話。
我把我的痛苦說得可笑，因為我怕你會這樣做。

我想用最寶貴的名詞來形容你，
我不敢，我怕得不到相對的酬報。
因此，我給你安上無情的名字，而誇示我的冷傲。
我傷害你，因為怕你永遠不知道我的痛苦。

我渴望靜默地坐在你的身旁，
我不敢，怕我的心會跳到我的唇上。
因此，我輕鬆地說東道西，把我的心藏在語言的後面。
我粗暴地對待我的痛苦，因為我怕你會這樣做。

我渴望從你身邊走開，我不敢，怕你看出我的懦怯。
因此，我隨隨便便地昂著走到你的面前。
從你眼裡頻頻投射過來的刺激，使我的痛苦永遠新鮮。

42

呵，瘋狂的、頭號的醉漢；

如果你踢開門戶，在大眾面前裝瘋；

如果你在一夜倒空囊橐，對慎重輕蔑地彈著指頭；

如果你走著奇怪的道路，和無益的東西遊戲；

不理會韻律和理性；如果你在風暴前扯起船帆，

你把船舵折成兩半，那麼我就要跟隨你，伙伴，

喝得爛醉走向墮落滅亡。

我在穩重聰明的街坊中間，虛度了日日夜夜。

過多的知識使我白了頭髮，過多的觀察使我眼力模糊。

多年來我積攢了許多零碎的東西：

把這些東西摔碎，在上面跳舞，把它們散擲到風中去吧。

因為我知道喝得爛醉而墮落滅亡，是最高的智慧。

讓一切歪曲的顧慮消亡吧，讓我無望地迷失了路途。

讓一陣旋風吹來，把我連船錨一齊捲走。

世界上住著高尚的人，勞動的人，有用又聰明。

有的人很從容地走在前頭，有的人莊重地走在後面。

讓他們快樂繁榮吧，讓我徒勞無功吧。

因為我知道喝得爛醉而墮落滅亡，是一切事物的結局。

我此刻誓將一切的要求，讓給正人君子。

我拋棄我學識的自豪和是非的判斷。

我打碎記憶的瓶子，揮灑最後的眼淚。

以紅酒的泡沫來洗澡，使我歡笑發出光輝。

我暫且撕裂溫恭和認真的標誌。

我將發誓作一個無用的人，喝得爛醉而墮落滅亡下去。

43

不，我的朋友，我永不會做一個苦行者，隨便你怎麼說。

我將永不做一個苦行者，假如她不和我一同受戒。

這是我堅定的決心，

如果我找不到一個蔭涼的住處和一個懺悔的伴侶，

我將永遠不會變成一個苦行者。

不，我的朋友，

我將永不離開我的爐火與家庭，去退隱到深林裡面，

如果在林蔭中沒有歡笑的回響；

如果沒有鬱金色的衣裙在風中飄揚；

如果它的幽靜不因有輕柔的微語而加深。

我將永不會做一個苦行者。

44

尊敬的長者，饒恕這一對罪人吧。

今天春風猖狂地吹起旋舞，

把塵土和枯葉都掃走了，你的功課也隨著一起丟掉了。

師父，不要說生命是虛空的。

因為我們和死亡訂下一次和約，

在一段溫馨的時間中，我倆變成不朽。

即使是國王的軍隊凶猛地前來追捕，

我們將憂愁地搖頭說，弟兄們，你們擾亂我們了。

如果你們必須做這個吵鬧的遊戲，

到別處去敲擊你們的武器吧。

因為我們剛在這片刻飛逝的時光中變成不朽。

如果親切的人們來把我們圍起，

我們將恭敬地向他們鞠躬說，這個榮幸使我們慚愧。

在我們居住的無限天空之中，沒有多少餘地。

因為在春天繁花盛開，蜜蜂的忙碌的翅翼也彼此擁擠。

只住著我們兩個仙人的小天堂，是狹小得太可笑了。

45

對那些定要離開的客人們，

求神幫他們快走，並且掃掉他們所有的足跡。

把舒服的、單純的、親近的微笑，一起抱在你的懷裡。

今天是幽靈的節日，他們不知道自己的死期。

讓你的笑聲只作為無意義的歡樂，像浪花上的閃光。
讓你的生命像露珠在葉尖一樣，在時間的邊緣上輕輕跳舞。
在你的琴弦上彈出瞬間即逝的音調吧。

46

你離開我自己走了。我想我將為你憂傷，
還將用金色的詩歌鑄成你孤寂的形象，供養在我的心裡。
但是，我的運氣多壞，時間是短促的啊。

青春一年一年地消逝；
春天是暫時的；柔弱的花朵無意義地凋謝，
聰明人警告我說，生命只是一顆荷葉上的露珠。
我可以不管這些，只凝望著背棄我的那個人麼？
這會是無益的，愚蠢的，因為時間是太短暫了。

那麼，來吧，我的雨夜的腳步聲；
微笑吧，我的金色的秋天；
來吧，無慮無憂的四月，散播著你的親吻。
你來吧，還有你，也有你！
我的情人們，你知道我們都是凡人。
為一個取回她的心的人而心碎，是件聰明的事情麼？
因為時間是短暫的啊。

坐在屋角凝思，

把我的世界中的你們都寫在韻律裡，是甜柔的。

把自己的憂傷抱緊，決不受人安慰，是英勇的。

但是一個新的面龐，在我門外偷窺，抬起眼來看我的眼睛。

我只能拭去眼淚，更改我歌曲的腔調。

因為時間是短暫的啊。

47

如果你要這樣，我就停了歌唱。

如果它使你心震顫，我就把眼光從你臉上挪開。

如果使你在行走時忽然驚躍，我就躲開另走別路。

如果在你編串花環時，使你煩亂，我就避開你寂寞的花園。

如果我使水花飛濺，我就不在你的河邊划船。

48

把我從你甜柔的枷鎖中釋放出來吧，

我的愛，不要再斟上親吻的酒。

嬝嬝薰香的濃霧，窒息了我的心。

開起門來，讓晨光進入吧！

我消失在你裡面，在你愛撫的折痕之中。

把我從你的誘惑中釋放出來吧，

把男子氣概交還我，好讓我把得到自由的心貢獻給你。

49

我握住她的手把她抱緊在胸前。

我想以她的愛嬌來填滿我的懷抱，

用親吻來掠奪她的甜笑，

用我的眼睛來吸飲她的嬌羞的一瞥。

呵，但是，它在哪裡呢？

誰能從天空濾出蔚藍呢？

我想去捕捉美；它躲開我，只有軀體留在我的手裡。

失望而困乏地，我回來了。

軀體哪能觸到那只有精神才能觸到的花朵呢？

50

愛，我的心，日夜想望和你相見——

那像吞滅一切的死亡一樣的會見。

像一陣風暴把我捲走；把我的一切都拿去；

劈開我的睡眠搶走我的夢。剝奪了我的世界。

在這毀滅裡，在精神的完全赤裸之中，

讓我們在美之中合而為一吧。

我的空想是可憐的！

除了在你裡面，哪有這合一的希望呢，我的神？

51

那麼唱完最後一支歌，就讓我們走吧。

當不再有夜之時，就把這夜忘了。

我想把誰緊抱在臂裡呢？

夢是永不會被捉住的。

我渴望的雙手，把「空虛」緊壓在我心上，

壓碎了我的胸膛。

52

燈為什麼熄了呢？

我用斗篷遮住它怕它被風吹滅，因此燈熄了。

花為什麼謝了呢？

我的熱戀的愛把它緊壓在我的心上，因此花謝了。

泉為什麼乾了呢？

我蓋起一道堤防把它攔起給我使用，因此泉乾了。

琴弦為什麼斷了呢？

我硬要彈一個它力不能及的音節，因此琴弦斷了。

53

為什麼盯著我使我羞愧呢？
我不是來求乞的。
只為要消磨時光，我才來站在你院邊的籬外。
為什麼盯著我使我羞愧呢？

我沒有從你園裡採走一朵玫瑰，沒有摘下一顆果子。
我謙卑地在任何生客都可站立的路邊棚下，找個蔭蔽。
我沒有採走一朵玫瑰。

是的，我的腳疲乏了，
驟雨又落了下來。風在搖曳的竹林中呼叫。
雲陣像敗退似地跑過天空。我的腳疲乏了。

我不知道你怎樣看待我，或是你在門口等什麼人。
閃電昏眩了你看望的目光。
我怎能知道你會看到站在黑暗中的我呢？
我不知道你怎樣看待我。

白日過盡，雨勢暫停。
我離開你園畔的樹蔭和草地上的座位。
天色已暗；關上你的門戶吧；
我走我的路。白日將逝了。

54

市集已過，你在夜晚急急地提著籃子要到哪裡去呢？

他們都挑著擔子回家去了；月亮從鄉間樹縫中向下窺視。

叫喚船的回聲，從黝黑的水上，傳到遠處野鴨睡眠的澤沼。

在市集已過的時候，你提著籃子急忙地要到哪裡去呢？

睡眠把她的手指按在大地的雙眼上。

鴉巢已靜，竹葉的微語也已沉默。

勞動的人們從田間歸來，把席子展鋪在院子裡。

在市集已過的時候，你提著籃子急忙地要到哪裡去呢？

55

正午的時候你走了，烈日當空。

當你走的時候，我已做完了工作，坐在涼台上。

不定的風陣陣吹來，含帶著許多田野的香氣。

鴿子在樹蔭中不停地叫喚，

一隻蜜蜂在我屋裡飛著，唱出了許多田野的消息。

村莊在午熱中入睡了。路上無人。

樹葉的聲音時起時息。

我凝望天空，把一個我知道的人的名字織在蔚藍裡，

當村莊在午熱中入睡的時候。

我忘記把頭髮編起。困倦的風在我頰上和它嬉戲。

河水在蔭岸下平靜地流著。

懶散的白雲動也不動。

我忘了編起我的頭髮。

正午的時候你走了。

路上塵土灼熱，田野在喘息。

鴿子在密葉中呼喚。

當你走的時候，我獨坐在涼台上。

56

我是婦女中為平庸的日常家務而忙碌的一個。

你為什麼把我挑選出來，把我從日常生活的涼蔭中帶出來？

沒有表現出來的愛是神聖的。

它像寶石般在隱藏的心的朦朧裡放光。

在奇異的日光中，它顯得可憐地晦暗。

呵，你闖進了我的心扉，

把我顫慄的愛情拖到空曠的地方，

把那陰暗藏我心扉的角落，永遠給破壞了。

別的女人和從前一樣。

沒有一個人窺探到自己的最深處，她們不知道自己的祕密。

她們輕快地微笑，哭泣，談話，工作。

她們每天到廟裡去，點上她們的燈，還到河中取水。

我希望能從無遮攔的顫羞中把我的愛情救出，
但是你掉頭不顧。是的，你的前途是遠大的，
但是你把我的歸路切斷了，
讓我面對著沒眼瞼的眼睛的凝視下的宇宙。

57

我採了你的花，呵，世界！
我把它壓在胸前，花刺傷了我。
日光漸暗，我發現花兒凋謝了，痛苦卻存留著。

許多有香有色的花，又將來到你這裡，
呵，世界！但是我採花的時代過去了，
黑夜悠悠，我沒有了玫瑰，只有痛苦存留著。

58

有一天早晨，一個盲女來獻給我一串蓋在荷葉下的花環。
我把它掛在頸上，淚水湧上我的眼睛。
我吻了它，說：「你和花朵一樣地盲目。你自己不知道你的禮
物是多麼美麗。」

59

呵，女人，你不但是神的，而且是人的手工藝品；
他們永遠從心裡用美來打扮你。
詩人用比喻的金線替你織網，
畫家們給你的身形以常新的不朽。
海獻上珍珠，礦獻上金子，
夏日的花園獻上花朵來裝扮你，
覆蓋你，使你更加美妙。
人類心中的願望，在你的青春上灑上光榮。
你一半是女人，一半是夢。

60

在生命奔騰怒吼的中流，呵，石頭雕成的「美」，
你冷靜無言，獨自超絕地站立著。
偉大的時間依戀地坐在你腳邊低語說：
「說話吧，對我說話吧，我愛，說話吧，我的新娘！」
但是你的話被石頭關住了，呵，不為所動的美！

61

安靜吧，我的心，讓別離的時間甜美吧。
讓它不是個死亡，而是圓滿。
讓愛戀融入記憶，痛苦融入詩歌吧。

讓穿越天空的飛翔在巢上斂翼中終止。
讓你雙手的最後的接觸，像夜中的花朵一樣溫柔。
站住一會吧，呵，美麗的結局，
用沉默說出最後的話語吧。
我向你鞠躬，舉起我的燈來照亮你的歸途。

62

在夢境的朦朧小路上，我去尋找我前世之愛。
她的房子是在寂靜冷清的街尾。
在晚風中，她愛養的孔雀在架上昏睡，
鴿子在自己的角落裡沉默著。
她把燈放在門邊，站在我面前。
她抬起一雙大眼望著我的臉，
無言地問道：「你好麼，我的朋友？」
我想回答，但是我們的語言迷失而又忘卻了。

我想來想去，怎麼也想不起我們叫什麼名字。
眼淚在她眼中閃光，她向我伸出右手。
我握住她的手靜默地站著。

我們的燈在晚風中顫搖著熄滅了。

63

旅人，你必須走麼？

夜是靜寂的，黑暗在樹林上昏睡。

我們的涼台上燈火輝煌，繁花鮮美，青春的眼睛還清醒著。

你離開的時間到了麼？旅人，你必須走麼？

我們不曾用懇求的手臂來抱住你的雙足。

你的門開著。你門外的馬也已上了鞍韉。

如果我們想攔住你的去路，也只是用我們的歌曲。

如果我們曾想挽留你，也只用我們的眼睛。

旅人，我們沒有希望留住你，我們只有眼淚。

在你眼裡發光的是什麼樣的不滅之火？

在你血管中奔流的是什麼樣的不安的熱力？

從黑暗中有什麼召喚在驅動你？

你從天上的星星中，讀到什麼可怕的咒語，

就是黑夜帶來了封緘的祕密，沉默而異樣的走進你心裡？

如果你不喜歡那熱鬧的集會，

如果你需要安靜，困乏的心呵，

我們就吹滅燈火，停止琴聲。

我們將在風葉聲中靜坐在黑暗裡，

倦乏的月亮將在你窗上灑上蒼白的光輝。

呵，旅人，是什麼不眠的精靈從夜的心中和你接觸了？

64

我在大路灼熱的塵土上消磨了一天。

現在，在晚涼中我敲著一座小廟的門，這廟已荒廢倒塌了。

一棵愁苦的菩提樹，從破牆的裂縫裡伸展出飢餓的爪根。

從前曾有過路人到這裡來洗疲乏的腳。

他們在新月的微光中在院裡攤開席子，坐著談論異地的風光。

早起他們精神恢復了，鳥聲使他們歡悅，

友愛的花兒在路邊向他們點頭。

但是當我來的時候沒有燈在等待我。

只有殘留著燈煙燻黑的痕跡，

像盲人的眼睛，從牆上瞪視著我。

螢火蟲在乾涸池邊的草叢閃爍，竹影在荒蕪的小徑上搖曳。

我是個在白晝的盡頭沒看見主人的過客。

在我面前的是漫漫的長夜，我疲倦了。

65

又是你呼喚我麼？

夜來到了，困乏像愛的懇求用雙臂圍抱住我。

你叫我了麼？

我已把整天的時間都給了你，

殘忍的情人，你還定要掠奪我的夜晚麼？

萬事都有個終結，黑暗的靜寂是個人獨有的。

你的聲音定要穿透黑暗來刺擊我麼？

難道你門前的傍晚沒有音樂和睡眠麼？

難道那沒有聲音的翅翼的星辰，

從來不攀登你的無情之塔的上空麼？

難道你園中的花朵，

永不在綿軟的死亡中墮地麼？

你定要叫我麼，你這不安靜的人？

那就讓愛的悲傷之眼，徒然地因著盼望而流淚。

讓燈盞在空屋裡點著。

讓渡船載那些困乏的工人回家。

我把夢想丟下，來奔赴你的召喚。

66

一個流浪的瘋子在尋找點金石。

他褐黃的頭髮亂蓬蓬地蒙著塵土，身體瘦得像個影子。

他雙唇緊閉，就像他的緊閉的心扉。

他那燃燒的眼睛，就像螢火蟲的光亮在尋找愛侶。

無邊的海，在他面前怒吼。

喧嘩的波浪，在不停地談論那隱藏的珠寶，

嘲笑那不懂得它們的意思的愚人。

也許現在他不再有希望了，

但是他不肯休息，因為尋求變成他的生命——

就像海洋永遠向天空伸臂，要求不可得到的東西。

就像星辰繞著圈走，卻要尋找一個永不能到達的目標——

在那寂寞的海邊，那頭髮蓬亂的瘋子，

也仍舊徘徊著尋找點金石。

有一天，一個村童走上來問：

「告訴我，你腰上的那條金鏈是從哪裡來的呢？」

瘋子嚇了一跳——那條本來是鐵的鏈子真的變成金子了；

這不是一場夢，但是他不知道是什麼時候變成的。

他狂亂地敲著自己的前額——什麼時候，呵，

什麼時候在他的不知不覺之中得到成功了呢？

拾起小石去碰碰那條鏈子，然後不看看變化與否，

又把它扔掉，這已成了習慣；

就是這樣，這瘋子找到了又失掉了那塊點金石。

太陽西沉，天空金燦燦。

瘋子沿著自己的腳印走回，去尋找他失去的珍寶。

他氣力盡消，身體彎曲，

他的心像連根拔起的樹木一樣，跌落在塵土裡了。

67

雖然夜晚緩步走來，讓一切歌聲停歇；
雖然你的伙伴都去休息而你也倦乏了；
雖然恐怖在黑暗中彌漫，天空的臉也被面紗遮起；
但是，鳥兒，我的鳥兒，聽我的話，不要停止飛翔。

這不是林中樹葉的陰影，
這是大海的張揚，像一條深黑的龍蛇。
這不是盛開的茉莉花的跳舞，這是閃光的水沫。
呵，何處是陽光下的綠岸，何處是你的窩巢？
鳥兒，呵，我的鳥兒，聽我的話，不要停止飛翔。

長夜躺在你的路邊，黎明在朦朧的山後睡眠。
星辰屏息地數著時間，柔弱的月兒在夜中浮泛。
鳥兒，呵，我的鳥兒，聽我的話，不要停止飛翔。

對於你，這裡沒有希望，沒有恐怖。
這裡沒有消息，沒有低語，沒有呼喚。
這裡沒有家，沒有休息的床。
這裡只有你自己的一雙翅翼和無路的天空。
鳥兒，呵，我的鳥兒，聽我的話，不要停止飛翔。

68

沒有人永遠活著，兄弟，沒有東西可以長存。

把這緊記在心，及時行樂吧。

我們的生命不是那個舊的負擔，

我們的道路不是那條長的旅程。

一個獨一無二的詩人，不必去唱一支舊歌。

花兒萎謝；但是戴花的人不必永遠悲傷。

兄弟，把這個緊記在心，及時行樂吧。

必須有一段完全的停歇，好把「圓滿」編進音樂。

生命向它的黃昏下落，為了沉浸於金影之中。

必須從遊戲中把「愛」招回，

去飲憂傷之酒，再去那個淚的天堂。

兄弟，把這緊記在心，及時行樂吧。

我們忙去採花，怕被過路的風偷走。

去奪取稍縱即逝的接吻，使我們血液奔流雙目發光。

我們的生命是熱切的，願望是強烈的，

因為時間在敲著離別之鐘。

弟兄，把這緊記在心及時行樂吧。

我們沒有時間去把握一件事物，揉碎它又把它丟在地上。

時間急速地走過，把夢幻藏在裙底。

我們的生命是短促的，只有幾天戀愛的工夫。

若是為工作和勞役，生命就變得無盡的漫長。

兄弟，把這緊記在心，及時行樂吧。

美對我們是甜蜜的，因為她和我們生命的快速調子一起跳舞。

知識對我們是寶貴的，因為我們永不會有時間去完成它。

一切都在永生的天上做完。

但是大地的幻象的花朵，卻被死亡保持得永遠新鮮。

兄弟，把這緊記在心，及時行樂吧。

69

我要追逐金鹿。

你也許會訕笑，我的朋友，但是我追求那逃避我的幻象。

我翻山越谷，我遊遍許多無名的土地，因為我要追逐金鹿。

你到市場採買，滿載著回家，

但不知從何時何，一陣無家可歸的風吹到我身上。

我心中無牽無掛；我把一切所有都撇在後面。

我翻山越谷，我遊遍許多無名的土地——

因為我在追逐金鹿。

70

我記得在童年時代，有一天我在水溝裡漂一隻紙船。

那是七月裡的一個陰濕日子，我獨自快樂地嬉戲。

我在水溝裡漂一隻紙船。

忽然間，陰雲密布，狂風怒號，大雨傾注。

渾水像小河般流溢，把我的船沖沒了。

我心裡難過地想：這風暴是故意來破壞我的快樂的，

它的一切惡意都是對著我的。

如今，七月的陰天是漫長的，

我在回憶我生命中以我為失敗者的一切遊戲。

我抱怨命運，因為它屢次戲弄了我，

當我忽然憶起我的沉在水溝裡的紙船的時候。

71

白日未盡，河岸上的市集未散。

我只恐我的時間浪費掉了，我的最後一文錢也丟掉了。

但是，沒有，我的兄弟，我還有些剩餘。

命運並沒有把我的一切都騙走。

買賣做完了。

兩邊的手續費都收過了，該是我回家的時候了。

但是，看門的，你要你的辛苦錢麼？

別怕，我還有點剩餘。命運並沒有把我的一切都騙走。

風聲宣布著風暴的威脅，西方低垂的雲影預報著惡兆。

靜默的河水在等候著狂風。

我怕被黑夜趕上，急忙過河。

呵，船夫，你要收費！

是的，兄弟，我還有些剩餘。

命運並沒有把我的一切都騙走。

路邊樹下坐著一個乞丐。

可憐呵，他帶著膽怯的希望看著我的臉！

他以為我富足地攜帶著一天的利潤。

是的，兄弟，我還有點剩餘。

命運並沒有把我的一切都騙走。

夜色愈深，路上靜寂。螢火在草叢間閃爍。

誰以悄悄地腳步在跟著我？

呵，我知道，你想掠奪我的一切獲得。我必不使你失望！

因為我還有些剩餘。

命運並沒有把我的一切都騙走。

夜半到家。我兩手空空。

你帶著切望的眼睛，在門前等我，無眠而靜默。

像一隻羞怯的鳥，你滿懷熱愛地飛到我胸前。

哎，哎，我的神，我還有許多剩餘。

命運並沒有把我的一切都騙走。

72

辛苦了幾天的工作，我蓋起一座廟宇。

這廟裡沒有門窗，牆壁是用巨石厚厚地壘起的。

我忘掉一切，我躲避大千世界，

我專注地凝視著我安放在龕裡的偶像。

裡面永遠是黑夜，以香油的燈盞來照明。

不斷的香煙，把我的心繚繞在沉重的螺旋裡。

我徹夜不眠，用扭曲混亂的線條，在牆上刻畫出一些奇異的圖

形──長翅膀的馬，人面的花。四肢像蛇的女人。

我不在任何地方留下一線之路，

使鳥的歌聲，葉的細語，或村鎮的喧囂得以進入。

在沉黑的穹頂上，唯一的聲音是我禮讚的回響。

我的心思變得強烈而鎮定，像一個尖尖的火焰。

我的感官在狂歡中昏暈。

我不知時間如何度過，直到巨雷震劈了這座廟宇，

一陣劇痛刺穿我的心。

燈火顯得蒼白而羞愧；牆上的刻畫像是被鎖住的夢，

無意義地瞪視著，彷彿要躲藏起來。

我看著龕上的偶像，我看見它微笑了，

和神活生生的接觸，它活了起來。

被我囚禁的黑夜，竟展翅飛逝無蹤了。

73

無限的財富不是你的，我堅忍憂鬱的大地之母。

你操勞著來填滿你孩子們的嘴，但是糧食是很少的。

你給我們的歡樂禮物，永遠不是完全的。

你給你孩子們做的玩具，是脆弱易碎的。

你不能滿足我們的一切渴望，但是我能為此就背棄你麼？

你那含著痛苦陰影的微笑，對我的眼睛是甜柔的。

你那無盡的愛，對我的心是親切的。

從你那胸脯上，你是以生命而不是以不朽來哺育我們，

因此你的眼睛永遠是警醒的。

你累年積代地用顏色和詩歌來工作，

但是你的天堂還沒有蓋起，僅有天堂的愁苦的意味。

你所創造的美，蒙著淚霧。

我將把詩歌傾注入你無言的心裡，把愛傾注入你的愛中。

我將用勞動來禮拜你。

我看見過你的溫慈的面龐，

我愛你的悲哀的塵土，大地的母親啊。

74

在世界的謁見大堂裡，一根樸素的草葉，

和陽光與夜半的星辰坐在同一條氈褥上。

我的詩歌，也這樣地和雲彩與森林的音樂，

在世界的心中平分席次。

但是，你這富有的人，

你的財富，在太陽的喜悅的金光，

和沉思的月亮的柔光這種單純的光彩裡，卻占不了一份。

包羅萬象的天空的祝福，沒有灑在它的上面。

等到死亡出現的時候，它就蒼白枯萎，碎成塵土了。

75

夜半，那個自稱的苦行人宣告說：「棄家求神的時候到了。

呵，誰把我牽住在妄想迷感中這麼久呢？」

神低聲說：「是我。」

但是這個人的耳朵是塞住的。

他的妻子和吃奶的孩子一同躺著，安靜地睡在床的那邊。

這個人說：「什麼人把我騙了這麼久呢？」

聲音又說：「是神。」但是他聽不見。

嬰兒在夢中哭了，挨向他的母親。

神命令說：「別走，傻子，不要離開你的家。」

但是他還是聽不見。

神嘆息又委屈地說：「為什麼我的僕人要把我丟下，而到處去

找我呢？」

76

廟前的市集正在進行。從一早起就下雨,這一天快過盡了。

比一切群眾的歡樂還光輝的——

是一個花一文錢買到一個棕葉哨子的小女孩的愉快微笑。

哨子的尖脆歡樂的聲音,在一切笑語喧嘩之上飄浮。

無盡的人流擠在一起,路上泥濘,河水在漲,

雨在不停地下著,田地都沒在水裡了。

比一切群眾的煩惱更深的,是一個小男孩的煩惱——

他連買那根帶顏色的小棍子的一文錢都沒有。

他苦悶的眼睛望著那間小店,

使得這整個人群的集會變成遺憾而可悲的。

77

西鄉來的工人和他的妻子正忙著替磚窯挖土。

他們的小女兒到河邊的渡頭上;她永遠擦洗不完的鍋盤。

她的小弟弟,光著頭,赤裸著黧黑的塗滿泥土的身軀,

跟著她,聽她的話,在高高的河岸上耐心地等著她。

她頂著滿瓶的水,平穩地走回家去,

左手提著發亮的銅壺,

右手拉著那個孩子——

她是媽媽的小丫頭,繁重的家務使她變得嚴肅了。

有一天我看見那赤裸的孩子伸著腿坐著。

他姐姐坐在水裡，用一把土在轉來轉去地擦洗一把水壺。

一隻毛茸茸的小羊，在河岸上吃草。

牠走近這孩子身邊，忽然大叫了一聲，孩子嚇得哭喊起來。

他姐姐放下水壺跑上岸來。

她一隻手抱起弟弟，一隻手抱起小羊，

把她的愛撫分成兩半，

人類和動物的後代在慈愛的連結中合一了。

78

在五月天裡，悶熱的正午彷彿無盡地悠長，

乾燥的大地在灼熱中渴得張著口。

當我聽到河邊有個聲音叫道：「來吧，我的寶貝！」

我合上書，開窗向外張望。

我看見一隻身上盡是泥土的大水牛，眼光沉靜地站在河邊；

一個小伙子站在沒膝的水裡，在叫牠去洗澡。

我高興而微笑了，我心裡感到一陣甜柔的接觸。

79

我常常思索，人和動物之間沒有語言，

他們心中互相認識的界線在哪裡。

在遠古創世的清晨，

通過哪一條太初樂園的單純的小徑，

他們的心曾彼此訪問過。

他們的親屬關係早被忘卻，

他們不變的足印的符號並沒有消滅。

可是忽然在些無言的音樂中，

那模糊的記憶清醒起來，

動物用溫柔的信任注視著人的臉，

人也用嬉笑的感情望著牠的眼睛。

好像兩個朋友戴著面具相逢，

在偽裝下彼此模糊地互認著。

80

美妙的女人！用一流轉的秋波，

你能從詩人的琴弦上奪去一切詩歌的財富。

但是你不願聽他們的讚揚，因此我來頌讚你。

你能使世界上最驕傲的頭在你腳前俯伏。

但是你願意崇拜的是你所愛的沒有名望的人們，

因此我崇拜你。

你用那完美雙臂的接觸，能在帝王榮光上加上光榮。

但你卻用你的手臂去掃除塵土，使你微賤的家庭整潔，

因此我心中充滿了欽敬。

81

你為什麼這樣低聲地對我耳語，

呵，死神，我的死神？

當花兒黃昏謝了，牛兒傍晚歸棚，

你偷偷地走到我身邊，說出我不了解的話語。

難道你必須用昏沉的微語和冰冷的接吻，來向我求愛，

來贏得我心麼，呵，死神，我的死神？

我們的婚禮不會有鋪張的儀式麼？

在你褐黃的鬢髮上不繫上花串麼？

在你前面沒有舉旗的人麼？你也沒有通紅的火炬，

使黑夜像著火一樣地明亮麼，呵，死神，我的死神？

你吹著法螺來吧，在無眠之夜來吧。

給我穿上紅衣，緊握我的手把我娶走吧。

讓你的駕著急躁嘶叫的馬的車輦，準備好等在我門前吧。

揭開我的面紗驕傲地看我的臉吧，呵，死神，我的死神。

82

我們今夜要玩死亡遊戲，我的新娘和我。

夜是深黑的，空中的雲霾是翻騰的，波濤在海裡咆哮。

我們離開夢的床榻，推門出去，我的新娘和我。

我們坐在鞦韆上，狂風從後面猛烈地推送我們。

我的新娘嚇得又驚又喜，她顫抖著緊靠在我的胸前。

許多日子我溫存服侍她。

我替她鋪一個花床，我關上門不讓強烈的光射在她眼上。

我輕輕地吻她的嘴唇，軟軟地在她耳邊低語，

直到她睏倦得半入昏睡。

她消失在模糊的無邊甜柔的雲霧之中。

我撫摸著她，她沒有反應；我的歌唱也不能把她喚醒。

今夜，風暴的召喚，突從曠野來到。

我的新娘顫抖著站起，她牽著我的手走了出來。

她的頭髮在風中飛揚，她的面紗飄動，

她的花環在胸前悉悉作響。死亡的推送把她搖晃活了過來。

我們面面相看，心心相印，我的新娘和我。

83

她住在玉米田地邊的山畔，

靠近那條嬉笑著流經古樹的莊嚴的陰影的小溪。

女人們提罐到這裡裝水，過客們在這裡談話休息。

她每天隨著潺潺的溪聲工作幻想。

有一天，一個陌生人從雲中的山上下來；

他的頭髮像醉蛇一樣的紛亂。

我們驚奇地問：「你是誰？」

他不回答，只坐在喧鬧的水邊，沉默地望著她的茅屋。

我們嚇得心跳。到了夜裡，我們都回家去了。

第二天早晨，女人們到杉樹下的泉邊取水，

她們發現她茅屋的門開著，但是，她的聲音沒有了，

她微笑的臉哪裡去了呢？

空罐立在地上，她屋角的燈，油盡火滅了。

沒有人曉得在黎明以前她跑到哪裡去了——

那個陌生人也不見了。

到了五月，陽光漸強，冰雪化盡，我們坐在溪邊哭泣。

我們心裡想：「她去的地方有泉水麼，在這炎熱焦渴的天氣中，她能到哪裡去取水呢？」

我們惶恐地對問：「在我們住的山外還有地方麼？」

夏天的夜裡，微風從南方吹來；

我坐在她的空屋裡，沒有點上的燈仍在那裡立著。

忽然間那座山峰，像帘幕拉開一樣從我眼前消失了。

「呵，那是她來了。你好麼，我的孩子？你快樂麼？在無遮的天空下，你有個蔭涼的地方麼？可憐呵，我們的泉水不在這裡供你解渴。」

「那邊還是那個天空，」她說，「只是不受屏山的遮隔，也還是那股流泉長成江河，也還是那片土地伸廣變成平原。」

「一切都有了，」我嘆息說，

「只有我們不在。」她苦笑著說：「你們是在我的心裡。」

我醒起聽見溪流潺潺，杉樹的葉子在夜中沙沙地響著。

84

黃綠的稻田上掠過秋雲的陰影，後面是狂追的太陽。

蜜蜂被光明所陶醉，忘了吸蜜，只痴呆地飛翔嗡唱。

河裡島上的鴨群，無緣無故地歡樂地吵鬧。

我們都不回家吧，兄弟們，今天早晨我們都不去工作。

讓我們以狂風暴雨之勢占領青天，讓我們飛奔著搶奪空間吧。

笑聲飄浮在空氣上，像洪水上的泡沫。

弟兄們，讓我們把清晨浪費在無用的歌曲上面吧。

85

你是什麼人，讀者，百年後讀著我的詩？

我不能從春天的財富裡送你一朵花，

天邊的雲彩裡送你一片金影。

開起門來張望吧。

從你的群花盛開的園子裡，

採取百年前消逝了的花兒的芬芳記憶。

在你心的歡樂裡，願你感到一個春晨吟唱的活的歡樂，

把它快樂的聲音，傳過一百年的時間。

PART 4

新月集

家庭

我獨自在橫跨過田地的路上走著，

夕陽像一個守財奴似的，正藏起它最後的金子。

白晝更加深沉地沒入黑暗之中，

那已經收割了的孤寂的田地，默默地躺在那裡。

天空裡突然升起了一個男孩子的尖銳的歌聲。

他穿過看不見的黑暗，

留下他的歌聲的轍痕跨過黃昏的靜謐。

他鄉村的家坐落在荒涼的邊上，在甘蔗田的後面，

躲藏在香蕉樹，瘦長的檳榔樹，

椰子樹和深綠色的賈克果樹的陰影裡。

我在星光下獨自走著的路上停留了一會，

我看見黑沉沉的大地展開在我的面前，

用她的手臂擁抱著無數的家庭，

在那些家庭裡有著搖籃和床鋪，

母親們的心和夜晚的燈，

還有年輕輕的生命，他們滿心歡樂，

卻渾然不知這樣的歡樂對於世界的價值。

孩童之歌

只要孩子願意，他此刻便可飛上天去。

他所以不離開我們，並不是沒有緣故。

他愛把他的頭倚在媽媽的胸間，

他即使是一刻不見她，也是不行的。

孩子知道各式各樣的聰明話，

雖然世間的人很少懂得這些話的意義。

他所以永不想說，並不是沒有緣故。

他所要做的一件事，就是要學習從媽媽嘴唇裡說出來的話。

那就是他所以看來這樣天真的緣故。

孩子有成堆的黃金與珠子，

但他到這個世界上來，卻像一個乞丐。

他所以這樣假裝著來，並不是沒有緣故。

這個可愛的小小的裸著身體的乞丐，

所以假裝著完全無助的樣子，便是想要乞求媽媽的愛的財富。

孩子在纖小新月的世界裡，是沒有一切束縛的。

他所以放棄了他的自由，並不是沒有緣故。

他知道有無窮的快樂藏在媽媽心中的小小一隅裡，

被媽媽親愛的手臂所擁抱，其甜美遠勝過自由。

孩子永不知道如何哭泣。他所住的是完全的樂土。

他所以要流淚，並不是沒有緣故。

雖然他用了可愛的臉兒上的微笑，

引逗得他媽媽的熱切的心向著他，

然而他的因為細故而發的小小的哭聲，

卻編成了憐與愛的雙重約束的帶子。

不被注意的小花蕾

啊，誰給那件小外衫染上顏色的，我的孩子，

誰使你的溫軟的肢體穿上那件紅的小外衫的？

你在早晨就跑出來到天井裡玩兒，

你，跑著就像搖搖欲跌似的。

但是誰給那件小外衫染上顏色的，我的孩子？

什麼事叫你大笑起來的，我的小小的命芽兒？

媽媽站在門邊，微笑地望著你。

她拍著她的雙手，她的手鐲叮噹地響著，

你手裡拿著你的竹竿兒在跳舞，活像一個小小的牧童。

但是什麼事叫你大笑起來的，我的小小的命芽兒？

喔，乞丐，你雙手攀摟住媽媽的頭頸，要乞討些什麼？

喔，貪得無厭的心，要我把整個世界從天上摘下來，

像摘一個果子似的，

把它放在你的一雙小小的玫瑰色的手掌上麼？

喔，乞丐，你要乞討些什麼？

風高興地帶走了你踝鈴的叮噹。
太陽微笑著，望著你的打扮。
當你睡在你媽媽的臂彎裡時，天空在上面望著你，
而早晨躡手躡腳地走到你的床跟前，吻著你的雙眼。
風高興地帶走了你踝鈴的叮噹。

仙鄉裡的夢婆婆飛過朦朧的天空，向你飛來。
在你媽媽的心頭上，那世界母親，正和你坐在一塊兒。
他，向星星奏樂的人，正拿著他的橫笛，站在你的窗邊。
仙鄉裡的夢婆婆飛過朦朧的天空，向你飛來。

偷睡眠的人

誰從孩子的眼裡把睡眠偷了去呢？我一定要知道。
媽媽把她的水罐挾在腰間，走到附近村子汲水去了。
這是正午的時候，孩子們遊戲的時間已經過去了；
池中的鴨子沉默無聲。
牧童躺在榕樹的蔭下睡著了。
白鶴莊重而安靜地立在檬果樹邊的泥澤裡。
就在這個時候，
偷睡眠者跑來從孩子的兩眼裡捉住睡眠，便飛去了。
當媽媽回來時，她看見孩子四肢著地地在屋裡爬著。

誰從孩子的眼裡把睡眠偷了去呢？我一定要知道。

我一定要找到她，把她鎖起來。

我一定要向那個黑洞裡張望，在這個洞裡，

有一道小泉從圓的和有皺紋的石上滴下來。

我一定要到醉花林中的沉寂的樹影裡搜尋，

在這林中，鴿子在牠們住的地方咕咕地叫著，

仙女的腳環在繁星滿天的靜夜裡叮噹地響著。

我要在黃昏時，向靜靜地蕭蕭的竹林裡窺望，

在這林中，螢火蟲閃閃地耗費牠們的光明，

只要遇見一個人，我便要問他：

「誰能告訴我偷睡眠者住在什麼地方？」

誰從孩子的眼裡把睡眠偷了去呢？我一定要知道。

只要我能捉住她，怕不會給她一頓好教訓！

我要闖入她的巢穴，看她把所有偷來的睡眠藏在什麼地方。

我要把它都奪來，帶回家去。

我要把她的雙翼縛得緊緊的，把她放在河邊，

然後叫她拿一根蘆葦在燈心草和睡蓮間釣魚為戲。

黃昏，街上已經收了市，

村裡的孩子們都坐在媽媽的膝上時，

夜鳥便會譏笑地在她耳邊說：「你現在還想偷誰的睡眠呢？」

開始

「我是從哪兒來的，你，在哪兒把我撿起來的？」
孩子問他的媽媽說。
她把孩子緊緊地摟在胸前，哭笑不得地答道——

你曾被我當作心願藏在我的心裡，我的寶貝。
你曾存在於我孩童時代玩的泥娃娃身上；
每天早晨我用泥土塑造我的神像，
那時我反覆地塑了又捏碎了的就是你。
你曾和我們的家庭守護神一同受到祀奉，
我崇拜家神時也就崇拜了你。
你曾活在我所有的希望和愛情裡，
活在我的生命裡，我母親的生命裡。
在主宰著我們家庭的不死的精靈的膝上，
你已經被撫育了好多代了。
當我做女孩子的時候，我的心的花瓣兒張開，
你就像一股花香似地散發出來。
你軟軟的溫柔，在我青春的肢體上開花了，
像太陽出來之前的天空上的一片曙光。
上天的第一寵兒，晨曦的攣生兄弟，
你從世界的生命的溪流浮泛而下，終於停泊在我的心頭。
當我凝視你的臉蛋兒的時候，神祕之感淹沒了我；

你這屬於一切人的，竟成了我的。

為了怕失掉你，我把你緊緊地摟在胸前。

是什麼魔術把這世界的寶貝引到我纖小的手臂裡來呢？

孩子的世界

我願我能在我孩子自己的世界裡，占一角清淨地。

我知道有星星同他說話，天空也在他面前垂下，

用它傻傻的雲朵和彩虹來娛悅他。

那些大家以為他是啞的人，那些看去像是永不會走動的人，

都帶了他們的故事，捧了滿裝著五顏六色的玩具的盤子，

匍匐地來到他的窗前。

我願我能在橫過孩子心中的道路上遊行，

解脫了一切的束縛；在那兒，

使者奉了無所謂的使命，奔走於不知來歷的諸王的王國間；

在那兒，理智以她的法律造為紙鳶而飛放，

真理也使事實從桎梏中自由了。

責備

為什麼你眼裡有了眼淚，我的孩子？

他們真是可怕，常常無謂地責備你！

你寫字時墨水玷污了你的手和臉——

這就是他們所以罵你齷齪的緣故麼？

呵，呸！

他們也敢因為圓圓的月兒用烏雲塗了臉，便罵它醜齷麼？

他們總要為了每一件小事去責備你，我的孩子。

他們總是無謂地尋人錯處。

你遊戲時扯破了你的衣服——

這就是他們所以說你不整潔的緣故麼？

呵，呸！

秋之晨從它的破碎的雲衣中露出微笑，

那麼，他們要叫它什麼呢？

他們對你說什麼話，盡管可以不去理睬他，我的孩子。

他們把你做錯的事長長地記了一筆帳。

誰都知道你是十分喜歡糖果的——

這就是他們所以稱你做貪婪的緣故麼？

呵，呸！

我們是喜歡你的，那麼，他們要叫我們什麼呢？

審判官

你想說他什麼盡管說罷，但是我知道我孩子的短處。

我愛他並不因為他好，只是因為他是我小小的孩子。

你如果把他的好處與壞處互相比較一下，

恐怕你就會知道他是如何的可愛？

當我必須責罰他的時候，他更成為我的生命的一部分了。

當我使他眼淚流出時，我的心也和他同哭了。
只有我才有權去罵他，去責罰他，
因為只有熱愛人的才可以懲戒人。

玩具

孩子，你真是快活呀，早上就坐在泥土裡，
耍著折下來的小樹枝兒。
我微笑地看你在那裡耍著那根折下來的小樹枝兒。
我正忙著算帳，一小時一小時在那裡加疊數字。
也許你在看我，想道：這種好沒趣的遊戲，
竟把你的一早晨的好時間浪費掉了！

孩子，我忘了聚精會神玩耍樹枝與泥餅的方法了。
我尋求貴重的玩具，收集金塊與銀塊。
你呢，無論找到什麼便去做你的快樂的遊戲，
我呢，卻把我的時間與力氣
都浪費在那些我永不能得到的東西上。
我在我的脆薄的獨木船裡掙扎著要航過欲望之海，
竟忘了我也是在那裡做遊戲了。

天文家

我只不過說：「當傍晚圓圓的滿月掛在迦曇波樹上的枝頭時，
有人能去捉住它麼？」

哥哥卻對我笑道：「孩子呀，你真是我所見到的頂傻的孩子，月亮離我們這樣遠，誰能去捉住它呢？」

我說：「哥哥，你真傻！當媽媽向窗外探望，微笑著往下看我們遊戲時，你也能說她遠麼？」

哥哥還是說：「你這個傻孩子！但是，孩子，你到哪裡去找一個大得能逮住月亮的網呢？」

我說：「你自然可以用雙手去捉住它呀。」

但是哥哥還是笑著說：「你真是我所見到的頂傻的孩子！如果月亮走近了，你便知道它是多麼大了。」

我說：「哥哥，你們學校裡所教的，真是沒有用呀！當媽媽低下臉跟我們親嘴時，她的臉看來也是很大的麼？」

但是哥哥還是說：「你真是一個傻孩子。」

雲與波

媽媽，住在雲端的人對我喚道——

「我們從醒的時候遊戲到太陽下山。

「我們與黃金色的曙光遊戲，我們與銀白色的月亮遊戲。」

我問道：「但是，我怎麼能夠上你那裡去呢？」

他們答道：「你到地球的邊上來，舉手向天，就可以被接到雲端裡來了。」

「我媽媽在家裡等我，」我說，「我怎麼能離開她而來呢？」

於是他們微笑著浮遊而去。

但是我知道一件比這個更好的遊戲，媽媽。

我做雲，你做月亮。

我用兩隻手遮蓋你，我們的屋頂就是青碧的天空。

住在波浪上的人對我喚道——
「我們從早晨唱歌到晚上；我們前進又前進地旅行，也不知我們所經過的是什麼地方。」
我問道：「但是，我怎麼能加入你們隊伍裡去呢？」
他們告訴我說：「來到岸旁，站在那裡，
緊閉你的兩眼，你就被帶到波浪上來了。」
我說：「傍晚的時候，我媽媽常要我在家裡，我怎麼能離開她而去呢！」
於是他們微笑著，跳舞著奔流過去。
但是我知道一件比這個更好的遊戲。
我是波浪，你是陌生的岸。
我奔流而進，進，進，笑哈哈地撞碎在你的膝上。
世界上就沒有一個人會知道我們倆在什麼地方了。

金色花

假如我變了一朵金色花，
只是為了好玩，長在那棵樹的高枝上，
笑哈哈地在風中搖擺，又在新生的樹葉上跳舞，
媽媽，你會認識我麼？

你要是叫道：「孩子，你在哪裡呀？」

我暗暗地在那裡竊笑，卻一聲兒不響。

我要悄悄地開放花瓣兒，看著你工作。

當你沐浴後，濕髮披在兩肩，穿過金色花的林蔭，

走到你做禱告的小庭院時，你會嗅到這花的香氣，

卻不知道這香氣是從我身上來的。

當你吃過中飯，坐在窗前讀《羅摩衍那》

那棵樹的陰影落在你的頭髮與膝上時，

我便要投我的小小的影子在你的書頁上，

正投在你所讀的地方。

但是你會猜得出這就是你的小孩子的小影子麼？

當你黃昏時拿了燈到牛棚裡去，

我便要突然地再落到地上來，

又成了你的孩子，求你講個故事給我聽。

「你到哪裡去了，你這壞孩子？」

「我不告訴你，媽媽。」

這就是你同我那時所要說的話了。

仙人世界

如果人們知道了我的國王的宮殿在哪裡，

它就會消失在空氣中的。

牆壁是白色的銀，屋頂是耀眼的黃金。

皇后住在有七個庭院的宮苑裡；

她戴的一串珠寶，值得整整七個王國的全部財富。

不過，讓我悄悄告訴你，媽媽，我國王的宮殿究竟在哪裡。

它就在我們陽台的角上，

在那栽著杜爾茜花的花盆放著的地方。

公主躺在遠遠的隔著七重不可航越海洋的彼岸沉睡著。

除了我自己，世界上便沒有人能夠找到她。

她臂上有鐲子，她耳上掛著珍珠；她的頭髮拖到地板上。

當我用我的魔杖點觸她的時候，她就會醒過來，

而當她微笑時，珠玉將會從她唇邊落下來。

不過，讓我在你的耳朵邊悄悄地告訴你，媽媽；

她就住在我們陽台的角上，

在那栽著壯爾茜花的花盆放著的地方。

當你要到河裡洗澡的時候，

你走上屋頂的那座陽台來罷。

我就坐在牆的陰影所聚會的一個角落裡。

我只讓小貓兒跟我在一起，

因為它知道那故事裡的理髮匠住的地方。

不過，讓我在你的耳朵邊悄悄地告訴你，

那故事裡的理髮匠到底住在哪裡。

他住的地方，就在陽台的角上，

在那栽著杜爾茜花的花盆放著的地方。

流放的地方

媽媽，天空上的光變成灰色了；我不知道是什麼時候了。
我玩得怪沒勁兒的，所以到你這裡來了。
這是星期六，是我們的休息日。
放下你的活計，媽媽；坐在靠窗的一邊，
告訴我童話裡的特潘塔沙漠在什麼地方？

雨的影子遮掩了整個白天。
凶猛的電光用它的爪子抓著天空。
當烏雲在轟轟地響著，天打著雷的時候，
我總愛心裡帶著恐懼爬伏到你的身上。
當大雨傾瀉在竹葉子上好幾個鐘頭，
而我們的窗戶為狂風震得格格作響的時候，
我就愛獨自和你坐在屋裡，
媽媽，聽你講童話裡的特潘塔沙漠的故事。

它在哪裡，媽媽，在哪一個海洋的岸上，
在哪些個山峰的腳下，在哪一個國王的土地上？
田地上沒有籬笆做為界線，
也沒有村人在黃昏時走回家的，
或婦人在樹林裡撿拾枯枝而捆載到市場上去的道路。
沙地上只有一小塊一小塊的黃色草地，

只有一株樹，就是那一對聰明的老鳥兒在那裡做窩的，
那個地方就是特潘塔沙漠。

我能夠想像得到，就在這樣一個烏雲密布的日子，
國王的年輕的兒子，獨自騎著一匹灰色馬，走過這個沙漠，
去尋找那被囚禁在不可知的七重海洋之外的巨人宮裡的公主。
當雨霧在遙遠的天空下降，
電光像一陣突然發作的痛楚的痙攣似地閃射的時候，
他可記得他的不幸的母親，為國王所棄，
正在掃除牛棚，眼裡流著眼淚，
當他騎馬走過童話裡的特潘塔沙漠的時候？

看，媽媽，一天還沒有完，天色就差不多黑了，
那邊村莊的路上沒有什麼旅客了。
牧童早就從牧場上回家了，人們都已從田地裡回來，
坐在他們草屋的簷下的草席上，眼望著陰沉的雲塊。
媽媽，我把我所有的書本都放在書架上了──
不要叫我現在做功課。
當我長大了，大得像爸爸的樣的時候，
我將會學到必須學的東西的。
但是，今天你可得告訴我，
媽媽，童話裡的特潘塔沙漠在什麼地方？

雨天

烏雲很快地聚集在森林的黝黑的邊緣上。
孩子，不要出去呀！
湖邊的那排棕樹，向暝暗的天空撞著頭；
羽毛零亂的烏鴉，靜悄悄地棲在羅望子的樹枝上，
河的東岸正被烏沉沉的暮色所侵襲。

我們的牛繫在籬上，高聲鳴叫。
孩子，在這裡等著，等我先把牛牽進牛棚裡去。
許多人都擠在池水泛溢的田間，
捉那從泛溢的池中逃出來的魚兒；
雨水成了小河，流過狹街，
好像一個嬉笑的孩子從他媽媽那裡跑開，
故意要惱她一樣。

聽呀，有人在淺灘上喊船夫呢。
孩子，天色昏暗了，渡頭的擺渡船已經停了。
天空好像是在滂沱的雨上快跑著；
河裡的水喧叫而且暴躁；
婦人們早已拿著汲滿了水的水罐，
從恆河河畔匆匆地回家了。

夜裡用的燈，一定要預備好。

孩子，不要出去呀！

到市場去的大道已沒有人走，到河邊去的小路又很滑。

風在竹林裡咆哮著，掙扎著，好像一隻落在網中的野獸。

紙船

我每天把紙船一個個放在急流的溪中。

我用大黑字寫我的名字和我住的村名在紙船上。

我希望住在異地的人會得到這紙船，知道我是誰。

我把花園中的秀利花載在我的小船上，

希望這些黎明開的花能在夜裡被平平安安地帶到岸上。

我投我的紙船到水裡，

仰望天空，看見小朵的雲正張著滿鼓著風的白帆。

我不知道天上有什麼遊伴把這些船放下來同我的船比賽！

夜來了，我的臉埋在手臂裡，

夢見我的紙船在子夜的星光下緩緩地漂流而去。

睡仙坐在船裡，帶著滿載著夢的籃子。

水手

船夫曼特胡的船隻停泊在拉琪根琪碼頭。

這隻船無用地裝載著黃麻，

無所事事地停泊在那裡已經好久了。

只要他肯把他的船借給我，我就給它安裝一百支槳，

揚起五個或六個或七個布帆來。
我決不把它駕駛到愚蠢的市場上去。
我將航行遍仙人世界裡的七個大海和十三條河道。

但是，媽媽，你不要躲在角落裡為我哭泣。
我不會像羅摩犍陀羅，到森林中去，一去十四年才回來。
我將成為故事中的王子，把我的船裝滿了我所喜歡的東西。
我將帶我的朋友阿細和我作伴。
我們要快樂航行於仙人世界裡的七個大海和十三條河道。

我將在很早的晨光裡張帆航行。
中午，你正在池塘裡洗澡的時候，
我們將在一個陌生的國王的國土上了。
我們將經過特浦尼淺灘，
把特潘塔沙漠拋落在我們的後邊。
當我們回來的時候，天色快黑了，
我將告訴你我們所見到的一切。
我將越過仙人世界裡的七個大海和十三條河道。

對岸

我渴想到河的對岸去。
在那邊，好多船隻一行兒繫在竹杆上；
人們在早晨乘船渡過那邊去，

肩上扛著犁頭，去耕耘他們的遠處的田；
在那邊，牧人使他們鳴叫的牛游到河旁的牧場去；
黃昏的時候，他們都回家了，
只留下豺狼在這滿長著野草的島上哀叫。
媽媽，如果你不在意，我長大的時候，
要做這渡船的船夫。

據說有好些古怪的池塘，藏在這個高高河岸之後。
雨過去了，一群一群的野鴨飛到那裡去，
茂盛的蘆葦在岸邊四圍生長，水鳥在那裡生蛋；
竹雞帶著跳舞的尾巴，將細小的足印印在潔淨的軟泥上；
黃昏的時候，長草頂著白花，邀月光在長草的波浪上浮游。
媽媽，如果你不在意，我長大的時候，
要做這渡船的船夫。

我要自此岸至彼岸，渡過來，渡過去，
所有村裡正在那兒沐浴的男孩女孩，都要詫異地望著我。
太陽升到中天，早晨變為正午了，
我將跑到你那裡去，說道：「媽媽，我餓了！」
一天完了，影子俯伏在樹底下，我便要在黃昏時回到家。
我將永不同爸爸那樣，離開你到城裡去作事。
媽媽，如果你不在意，我長大的時候，
要做這渡船的船夫。

花的學校

當雷雲在天上轟響，六月的陣雨落下的時候，
潤濕的東風走過荒野，在竹林中吹著口笛。
於是一群一群的花從無人知道的地方突然跑出來，
在綠草上狂歡地跳著舞。

媽媽，我真的覺得那群花朵是在地下的學校裡上學。
他們關了門做功課，如果他們想在放學以前出來遊戲，
他們的老師是要罰他們站在壁角的。

雨一來，他們便放假了。
樹枝在林中碰觸，綠葉在狂風裡颯颯地響，雷雲拍著大手，
花孩子們便在那時候穿了紫的、黃的、白的衣裳，衝了出來。
你可知道，媽媽，他們的家是在天上，在星星所住的地方。
你沒有看見他們怎樣地急著要到那兒去麼？
你不知道他們為什麼那樣急急忙忙麼？
我自然能夠猜得出他們是對誰揚起雙臂來：
他們也有他們的媽媽，就像我有我自己的媽媽一樣。

商人

媽媽，讓我們想像，你待在家裡，我到異邦去旅行。
再想像，我的船已經裝得滿滿地在碼頭上等候啟碇了。
現在，媽媽，好好想一想再告訴我，
回來的時候我要帶些什麼給你。

媽媽，你要一堆一堆的黃金麼？
在金河的兩岸，田野裡全是金色的稻實。
在林蔭的路上，金色花也一朵一朵地落在地上。
我要為你把它們全都收拾起來，放在好幾百個籃子裡。

媽媽，你要秋天的雨點一般大的珍珠麼？
我要渡海到珍珠島的岸上去。
那個地方，在清晨的曙光裡，
珠子在草地的野花上顫動，珠子落在綠草上，
珠子被洶狂的海浪一大把一大把地撒在沙灘上。

我的哥哥呢，我要送他一對有翅膀的馬，會在雲端飛翔的。
爸爸呢，我要帶一支有魔力的筆給他，
他還沒有覺得，筆就寫出字來了。
你呢，媽媽，
我一定要把那個值七個王國的首飾箱和珠寶送給你。

同情

如果我只是一隻小狗，而不是你的小孩，親愛的媽媽，

當我想吃你盤裡的東西時，你要向我說「不」麼？

你要趕開我，對我說道：「滾開，你這淘氣的小狗」麼？

那麼，走罷，媽媽，走罷！當你叫喚我的時候，

我就永不到你那裡去，也永不要你再餵我吃東西了。

如果我只是一隻綠色小鸚鵡，而不是你的小孩，親愛的媽媽，

你要把我緊緊地鎖住，怕我飛走麼？

你要對我搖你的手，說道：「怎樣的一個不知感恩的賤鳥呀！

整夜地盡在咬牠的鏈子」麼？

那麼，走罷，媽媽，走罷！我要跑到樹林裡去；

我就永不再讓你抱我在你的懷裡了。

職業

早晨，鐘敲十下的時候，我沿著我們的小巷到學校去。

每天我都遇見那個小販，

他叫道：「鐲子呀，亮晶晶的鐲子！」

他沒有什麼事情急著要做，他沒有哪條街一定要走，

他沒有什麼地方一定要去，他沒有什麼時間一定要回家。

我願意我是一個小販，在街上過日子，

叫著：「鐲子呀，亮晶晶的鐲子！」

下午四點，我從學校裡回家。

從一家門口，我看得見一個園丁在那裡掘地。

他用他的鋤子，要怎麼掘，便怎麼掘，他被塵土污了衣裳，

如果他被太陽曬黑了或是身上被打濕了，都沒有人罵他。

我願意我是一個園丁，在花園裡掘地。誰也不來阻止我。

天色剛黑，媽媽就送我上床。

從開著的窗口，我看得見更夫走來走去。

小巷又黑又冷清，路燈立在那裡，

像一個頭上生著一隻紅眼睛的巨人。

更夫搖著他的提燈，跟他身邊的影子一起走著，

他一生一次都沒有上過床去。

我願意我是一個更夫，整夜在街上走，提了燈去追逐影子。

長者

媽媽，你的孩子真傻！她是那麼可笑不懂事！

她不知道路燈和星星的分別。

當我們玩著把小石子當食物的遊戲時，

她便以為它們真是吃的東西，竟想放進嘴裡去。

當我翻開一本書，放在她面前，

在她讀a, b, c時，她卻用手把書頁撕了，無端快活地叫起來；

你的孩子就是這樣做功課的。

當我生氣地對她搖頭，罵她，說她頑皮時，

她卻哈哈大笑，以為很有趣。

誰都知道爸爸不在家，

但是，如果我在遊戲時高聲叫一聲「爸爸」，

她便要高興地四面張望，以為爸爸真是近在身邊。

當我把洗衣人帶來載衣服回去的驢子當做學生，

並且警告她說，我是老師，她卻無緣無故地亂叫起我哥哥來。

你的孩子要捉月亮。

她是這樣的可笑；她把格尼許喚作琪奴許。

媽媽，你的孩子真傻，她是那麼可笑地不懂事！

小大人

我人很小，因為我是一個小孩子，

到了我像爸爸一樣年紀時，便要變大了。

我的先生要是走來說道：

「時間不早了，把你的石板，你的書拿來。」

我便要告訴他道：

「你不知道我已經同爸爸一樣大了？我決不再學什麼功課了。」

我的老師便將驚異地說道：

「他讀書不讀書可以隨便，因為他是大人了。」

我將自己穿了衣裳，走到人群擁擠的市場裡去。

我的叔叔要是跑過來說道：

「你要迷路了，我的孩子，讓我領著你罷。」

我便要回答道：

「你沒有看見麼，叔叔，我已經同爸爸一樣大了？我決定要獨自一個人到市場裡去。」

叔叔便將說道：

「是的，他隨便到哪裡去都可以，因為他是大人了。」

當我正拿錢給我褓姆時，媽媽便要從浴室中出來，

因為我是知道怎樣用我的鑰匙去開銀箱的。

媽媽要是說道：

「你在做什麼呀，頑皮的孩子？」

我便要告訴她道：

「媽媽，你不知道啊，我已經同爸爸一樣大了麼？我必須去拿錢給褓姆。」

媽媽便將自言自語道：

「他可以隨便把錢給他所喜歡的人，因為他是大人了。」

當十月裡放假的時候，爸爸將要回家，

他會以為我還是個小孩子，從城裡帶來小鞋子和小綢衫。

我便要說道：

「爸爸，把這些東西給哥哥罷，因為我已經同你一樣大了。」

爸爸便將想了一想，說道：

「他可以隨便去買他自己穿的衣裳，因為他是大人了。」

十二點鐘

媽媽，我真想現在不做功課了。我整個早晨都在念書呢。
你說，現在還不過是十二點鐘。假定不會晚過十二點罷；
難道你不能把不過是十二點鐘想像成下午麼？
我能夠容容易易地想像：
現在太陽已經到了那片稻田的邊緣上了，
老態龍鐘的漁婆婆正在池邊採擷香草作她的晚餐。
我閉上了眼就能夠想到，
馬塔爾樹下的陰影是更深黑了，
池塘裡的水看來黑得發亮。
假如十二點鐘能夠在黑夜裡來到，
為什麼黑夜不能在十二點鐘的時候來到呢？

作家

你說爸爸寫了許多書，但我卻不懂得他所寫的東西。
他整個黃昏讀書給你聽，但是你真懂得他的意思麼？
媽媽，你給我們講的故事，真是好聽呀！
我很奇怪，爸爸為什麼不能寫那樣的書呢？
難道他從來沒有從他自己的媽媽那裡聽過——
巨人和神仙和公主的故事麼？
還是已經完全忘記了？
他常常耽誤了沐浴，你不得不走去叫他一百多次。

你總要等候著，把他的菜溫熱等他，

但他忘了，還盡管寫下去。爸爸老是以著書為遊戲。

如果我一走進爸爸房裡去遊戲，

你就要走來叫道：「真是一個頑皮的孩子！」

如果我稍為出一點聲音，

你就要說：「你沒有看見你爸爸正在工作麼？」

老是寫了又寫，有什麼趣味呢？

當我拿起爸爸的鋼筆或鉛筆，

像他一模一樣地在他的書上寫著——a, b, c, d, e, f, g, h, i，

那時，你為什麼跟我生氣呢，媽媽？

爸爸寫時，你卻從來不說一句話。

當我爸爸耗費了那麼一大堆紙時，媽媽，你似乎全不在乎。

但是，如果我只拿了一張紙去做一隻船，

你卻要說：「孩子，你真討厭！」

你對於爸爸拿黑點子塗滿了紙的兩面，

污損了許多許多張紙，你心裡以為怎樣呢？

可惡的郵差

你為什麼坐在那地板上不言不動的，告訴我呀，親愛的媽媽？

雨從開著的窗口打進來了，把你身上全打濕了，你卻不管。

你聽見鐘已打四下了麼？正是哥哥從學校裡回家的時候了。

到底發生了什麼事，你的神色這樣不對？

你今天沒有接到爸爸的信麼？

我看見郵差在他的袋裡帶了許多信來，

幾乎鎮裡的每個人都分送到了。

只有爸爸的信，他留起來給他自己看。

我確信這個郵差是個壞人。

但是不要因此不高樂呀，親愛的媽媽。

明天是鄰村市集的日子。你叫女僕去買些筆和紙來。

我自己會寫爸爸所寫的一切信；使你找不出一點錯處來。

我要從A字一直寫到K字。

但是，媽媽，你為什麼笑呢？

你不相信我能寫得同爸爸一樣好！

但是我將用心畫格子，把所有的字母都寫得又大又美。

當我寫好了時，你以為我也像爸爸那樣傻，

把它投入可怕的郵差的袋中麼？

我立刻就送來給你，而且一個字母，一個字母地幫助你讀。

我知道那郵差是不肯把真正的好信送給你的。

英雄

媽媽，讓我們想像我們正在旅行，

經過一個陌生而危險的國土。

你坐在一頂轎子裡，我騎著一匹紅馬，在你旁邊跑著。

是黃昏的時候，太陽已經下山了。

約拉地希的荒地疲乏而灰暗地展開在我們面前，

大地是淒涼而荒蕪的。

你害怕了，想道——「我不知道我們到了什麼地方了。」

我對你說道：「媽媽，不要害怕。」

草地上刺蓬蓬地長著針尖似的草，

一條狹而崎嶇的小道通過這塊草地。

在這片廣大的地面上看不見一隻牛；

牠們已經回到牠們村裡的牛棚去了。

天色黑了下來，大地和天空都顯得朦朦朧朧的，

而我們不能說出我們正走向什麼所在。

突然間，你叫我，悄悄地問我道：

「靠近河岸的是什麼火光呀？」

正在那個時候，一陣可怕的吶喊聲爆發了，

好些人影子向我們跑過來。

你蹲坐在你的轎子裡，嘴裡反覆地禱念著神的名字。

轎夫們，怕得發抖，躲藏在荊棘叢中。

我向你喊道：「不要害怕，媽媽，有我在這裡。」

他們手裡執著長棒，頭髮披散著，越走越近了。

我喊道：「要當心！你們這些壞蛋！再向前走一步，你們就要
送命了。」

他們又發出一陣可怕的吶喊聲，向前衝過來。

你抓住我的手說：「好孩子，看在上天面上，躲開他們罷。」
我說道：「媽媽，你瞧我的。」

於是我策馬，猛奔過去，我的劍和盾彼此碰著作響。
這一場戰鬥是那麼激烈，
媽媽，如果你從轎子裡看得見的話，你一定會發顫抖的。
他們之中，許多人逃走了，還有好些人被砍殺了。
我知道你那時獨自坐在那裡，心裡正在想著，
你的孩子這時候一定已經死了。
但是我跑到你的跟前，渾身濺滿了鮮血，
說道：「媽媽，現在戰爭已經結束了。」
你從轎子裡走出來，吻著我，
把我摟在你的心頭，你自言自語地說道：
「如果我沒有我的孩子護送我，我簡直不知道怎麼辦才好。」

一千件無聊的事，天天在發生，
為什麼這樣一件事，不能夠偶然實現呢？
這很像一本書裡的一個故事。
我的哥哥要說道：
「這是可能的事麼？我老是在想，他是那麼嫩弱呢！」
我們村裡的人們都要驚訝地說道：
「這孩子正和他媽媽在一起，這不是很幸運麼？」

告別

是我走要的時候了，媽媽；我走了。

當清寂的黎明，

你在暗中伸出雙臂，要抱你睡在床上的孩子時，

我會說道：「孩子不在那裡呀！」——媽媽，我走了。

我要變成一股清風撫摸著你；

我要變成水的漣漪，當你沐浴時，把你吻了又吻。

大風之夜，當雨點在樹葉中淅瀝時，

你在床上，會聽見我的微語，

當電光從開著的窗口閃進你的屋裡時，

我的笑聲也和它一同閃進了。

如果你醒著躺在床上，想你的孩子到深夜，

我便要從星空向你唱道：「睡呀！媽媽，睡呀。」

我要坐在各處遊蕩的月光上，

偷偷地來到你的床上，乘你睡著時，躺在你的胸上。

我要變成夢兒，從你的眼皮的微縫中，鑽到你睡眠的深處。

當你醒來吃驚地四望時，

我便如閃耀的螢火似地熠熠地向暗中飛去了。

當普耶節日，鄰舍家的孩子們來屋裡遊玩時，

我便要融化在笛聲裡，整日價在你心頭震蕩。

親愛的阿姨帶了普耶禮來，

問道：「我們的孩子在哪裡，姊姊？」

媽媽，你將要柔聲地告訴她：「他呀，他現在在我的瞳仁裡，他現在是在我的身體裡，在我的靈魂裡。」

召喚

她走的時候，夜間黑漆漆的，他們都睡了。

現在，夜間也是黑漆漆的，

我喚她道：「回來，我的寶貝；世界都在沉睡，當星星互相凝視的時候，你來一會兒，是沒有人會知道的。」

她走的時候，樹木正在萌芽，春光剛剛來到。

現在花已盛開，我喚道：「回來，我的寶貝。孩子們漫不經心地在遊戲，把花聚在一塊，又把它們散開。你如走來，拿一朵小花去，沒有人會發覺的。」

常常在遊戲的那些人，仍然在那裡遊戲，生命總是如此浪費。

我靜聽他們的空談，便喚道：「回來，我的寶貝，媽媽的心裡充滿著愛，你如走來，僅僅從她那裡接一個小小的吻，沒有人會妒忌的。」

第一次的茉莉

呵，這些茉莉花，這些白色的茉莉花！

我彷彿記得我第一次雙手滿捧著這些茉莉花，

這些白色的茉莉花的時候。

我喜愛那日光，那天空，那綠色的大地；

我聽見那河水淙淙的流聲，在黑漆漆的午夜裡傳過來；

秋天的夕陽，在荒原上大路轉角處迎我，
如新婦揭起她的面紗迎接她的愛人。
但我想起孩提時第一次捧在手裡的白色茉莉，
心裡充滿著甜蜜的回憶。

我生平有過許多快活的日子，
在節日宴會的晚上，我曾跟著說笑話的人大笑。
在灰暗的雨天的早晨，我吟哦過許多飄逸的詩篇。
我頸上戴過愛人手織的醉花的花圈，作為晚裝。
但我想起孩提時第一次捧在手裡的白色茉莉，
心裡充滿著甜蜜的回憶。

榕樹

喂，你站在池邊枝椏參差的榕樹，你可曾忘了那小小的孩子，
就像在你的枝上築巢又離開了你的鳥兒似的孩子？
你不記得他是怎樣坐在窗內，
詫異地望著你深入地下的糾纏的樹根麼？
婦人們常到池邊，汲了滿罐的水去，
你的大黑影便在水面搖動，好像睡著的人掙扎著要醒來似的。
日光在微波上跳舞，好像不停的小梭在織著金色的花氈。
兩隻鴨子挨著蘆葦，在蘆葦影子上游來游去，
孩子靜靜地坐在那裡想著。

他想做風，吹過你的蕭蕭的枝椏；

想做你的影子，在水面上，隨了日光而延長；

想做一隻鳥兒，棲息在你的最高枝上；

還想做那兩隻鴨，在蘆葦與陰影中間游來游去。

祝福

祝福這個小心靈，這個潔白的靈魂，

他為我們的大地，贏得了天使的接吻。

他愛日光，他愛見他媽媽的臉。

他沒有學會厭惡塵土而渴求黃金。

緊抱他在你的心裡，並且祝福他。

他已來到這個歧路紛出的大地上了。

我不知道他怎麼從群眾中選出你來，

來到你的門前抓住你的手問路。

他笑著，談著，跟著你走，心裡沒有一點兒疑惑。

不要辜負他的信任，引導他到正路，並且祝福他。

把你的手按在他的頭上，祈求著：

底下的波濤雖然險惡，然而從上面來的風，

會鼓起他的船帆，送他到和平的港口的。

不要在忙碌中把他給忘了，讓他來到你的心裡，並且祝福他。

贈品

我要送些東西給你，我的孩子，

因為我們同是漂泊在世界的溪流中。

我們的生命將被分開，我們的愛也將被忘記。

但我卻沒有那樣傻，希望能用我的贈品來買你的心。

你的生命正是青青，你的道路也長著呢，

你一口氣飲盡了我們帶給你的愛，便轉身奔跑離開我們了。

你有你的遊戲，有你的遊伴。

如果你沒有時間同我們在一起，

如果你想不到我們，那有什麼害處呢？

我們呢，自然的，在老年時，

會有許多閒暇的時間，去計算那過去的日子，

把我們手裡永久失了的東西，在心裡愛撫著。

河流唱著歌很快地流去，沖破所有的堤防。

但是山峰卻留在那裡，憶念著，滿懷依依之情。

我的歌

我的孩子，我這一支歌將揚起它的樂聲圍繞你的身旁，

好像那愛情的熱戀的手臂一樣。

我這一支歌將觸著你的前額，好像那祝福的接吻一樣。

當你一個人的時候，它將坐在你的身旁，在你耳邊微語；

當你在人群中的時候，它將圍住你，使你超然物外。

我的歌將成為你的夢的翼翅，

它將把你的心移送到不可知的岸邊。

當黑夜覆蓋在你路上的時候，

它又將成為那照臨在你頭上的忠實的星光。

我的歌又將坐在你眼睛的瞳仁裡，

將你的視線帶入萬物的心裡。

當我的聲音因死亡而沉寂時，

我的歌仍將在你活潑潑的心中唱著。

孩子天使

他們喧嘩爭吵，他們懷疑失望，他們辯論而沒有結果。

我的孩子，讓你的生命到他們當中去，

如一線鎮定而純潔之光，使他們愉悅而沉默。

他們的貪心和妒忌是殘忍的；

他們的話，好像暗藏的刀，渴欲飲血。

我的孩子，去，去站在他們憤懣的心中，

把你和善的眼光停留在它們上面，

好像那傍晚的寬洪大量的和平，覆蓋著日間的騷擾一樣。

我的孩子，讓他們望著你的臉，

因此能夠知道一切事物的意義；

讓他們愛你，因此他們能夠相愛。

來，坐在無垠的胸懷上，我的孩子。

朝陽出來時，開放而且抬起你的心，像一朵盛開的花；
夕陽落下時，低下你的頭，默默地做完這一天的禮拜。

最後的買賣

早晨，我在石鋪的路上走時，我叫道：
「誰來雇用我呀。」
皇帝坐著馬車，手裡拿著劍走來。
他拉著我的手，說道：
「我要用權力來雇用你。」
但是他的權力算不了什麼，他坐著馬車走了。

正午炎熱的時候，家家戶戶的門都閉著。
我沿著曲折的小巷子走去。
一個老人帶著一袋金錢走出來。
他斟酌了一下，說道：
「我要用金錢來雇用你。」
他一個一個地數著他的錢，但我卻轉身離去了。

黃昏了，花園的籬上滿開著花。
美人走出來，說道：
「我要用微笑來雇用你。」
她的微笑黯淡了，化成淚的顏容了，
她孤寂地轉身，走進黑暗裡去。

太陽照耀在沙地上，海波任性地浪花四濺。

一個小孩坐在那裡玩貝殼。

他抬起頭來，好像認識我似的，說道：

「我雇你不用什麼東西。」

從此以後，在這個小孩的遊戲中做成的買賣，

使我成了一個自由的人。

PART 5

採果集

1

如果你吩咐，我就把我的果實採滿一筐又一筐，
送到你的庭院，儘管有的已經掉落，有的還未成熟。
因為這個季節身背豐盈果實的重負，
濃蔭下不時傳來牧童哀怨的笛聲。

如果你吩咐，我就去河上揚帆起程。
三月風躁動不安，把倦怠的波浪攪得滿腹怨言。
果園已結出全部果實，在這令人疲乏的黃昏時分，
從你岸邊的屋裡傳來你在夕陽中的呼喚。

2

我年輕時的生命猶如一朵鮮花，
當和煦的春風來到她門口乞求之時，
她從充裕的花瓣中慷慨地解下一片兩片，
從未感覺到這是損失。
現在青春已逝，我的生命猶如一顆果實，
已經無物施捨，只等著徹底地奉獻自己，連同沉甸甸的甜蜜。
……

3

夏天的節日是不是只為了鮮花，

而不是也為了枯萎的葉子與凋謝的花朵？
海之歌是不是只與高漲的波濤合調？
不是它亦與降落的浪頭同歌唱？
我的國王站立在地毯鑲織著珠寶，
但是那些忍耐著的土塊卻等待著他腳趾的撫觸。
在我主的周圍，坐著沒有幾位智者與偉人，
但他卻把愚人抱在他懷中，把我永久的做了他的僕從。

4

我醒來，發現他的信與黎明一道降臨。
我不知道信中寫了什麼，因為我無法看懂。
我不想打擾正在讀書的聖人，何必麻煩他，
誰知道他能否看懂信中的內容。

讓我將信舉到我的額頭，貼到我的心口。
當夜闌人靜、繁星閃現，我要把信攤在膝上，默然等候。
沙沙的樹葉將為我把它朗讀；
潺潺的溪水將為我把它頌揚；
智慧七星也將從天空為我把它歌唱。
我無法尋到我所求的一切，我不能理解我所知的全部；
但這封未讀的信卻減緩了我的重負，把我的思緒化為歌曲。

5

當我不理解你信號的內涵時，一撮塵土也能把它遮掩。
既然我如今已比以往聰明，
我透過以前的屏障，頓悟了它的全部寓意。

它繪在鮮花的花瓣上；海沫使它閃爍；群山將它捧上峰巔。
我曾轉過臉去，把你避開，
因而曲解了你的信件，不知其中的含義。

6

在道路鋪就的地方，我迷失了道路。
在茫無垠際的海面，在一片蔚藍的天空，
沒有道路的蹤跡。路被遮掩了，
被飛鳥的羽翼、燦爛的星光、四季更替的花卉遮掩了。
我詢問自己的心兒：血液能否領悟那條看不見的道路？

7

唉，我不能留在這間屋裡，這個家已經不再是我的家了，
因為永恆的異鄉人沿著道路走來，對我發出聲聲呼喚。
他的腳步聲敲擊著我的胸膛，使我痛苦不堪。
風大起來了，海在呻吟。
我拋開一切煩惱和疑慮，去追逐那無家可歸的海浪，

因為異鄉人沿著道路走來，對我發出聲聲呼喚。

8

準備動身吧，我的心！讓那些必須拖延的繼續在此逗留吧。
因為晨空中已經傳來對你名字的呼喊。
不用等待了！
蓓蕾企盼的是夜晚和露珠，但盛開的花朵渴求陽光中的自由。
衝破你的外殼，我的心啊，前進吧！

9

每當我徘徊於貯藏的財富之中，
我就覺得自己像一條蛀蟲，
在黑暗中啃嚙著滋生自己的果實。
我拋開這座腐壞的牢獄。
我不願老是附在腐爛的靜止之中，
我要去尋找永駐的青春；
一切與我生命無關的、所有不似我笑聲輕盈的，
我都要完全地拋卻。
我奔馳著穿越時間，
哦，我的心啊，在你的戰車裡，行吟詩人在舞蹈。

10

你牽著我的手，把我拉到你的身邊，

讓我在眾人面前坐上高高的座凳，

直至我變得羞怯、不敢動彈、不能隨意行動；

我每走一步都會顧慮重重，生怕踩到了眾人冷漠的荊棘。

我終於自由了！

打擊已經來臨，凌辱之鼓已經敲響，

我連同座凳摔倒在塵土之中。

我的道路卻在我面前展開。

我的雙翼充滿對藍空的渴望。

我要去加入子夜的流量，一頭衝進深邃的陰影。

我像一塊浮雲，被夏天的暴風驟雨所驅趕，拋下金色的王冠，

把雷霆繫於閃電的鏈環，宛如佩上一把利劍。

在絕望的歡樂中，我跑在被鄙視者的塵埃飛揚的小路上，

朝著你最後的歡迎奔赴。

嬰孩離開母體時，發現了母親。

當我離開你，被撐出你的家門，

我便自由自在地看到你的臉膛。

11

我的這個珠寶項圈，它裝飾我只是為了對我嘲弄。

它戴在我的頸上，弄得皮肉疼痛，

每當我掙扎著要把它扯下，它卻把我緊緊地勒住。

它卡住了我的喉嚨，它悶死了我的歌唱。

我的主啊，假若我能夠把它奉獻到你的手上，我就會得救。
把它從我這兒拿走吧，換給我一束花環，把我繫在你的身邊，
因為佩戴這種寶石項圈站在你的面前，我感到無地自容。

12

清澈的亞穆納河在深深的下方湍急地奔騰，
高高矗立的河堤在上方皺眉蹙額。
周圍聚集著密林溟蒙的群山，山洪在其間劃出道道傷痕。

錫克教大師戈文達坐在岩石上，讀著經文，
這時，以富貴自傲的拉古納特走了過來，向他鞠躬施禮說：
「我為您帶來了一份薄禮，不成敬意，懇請賞臉。」
說罷，他拿出一對鑲著昂貴寶石的金手鐲，遞到大師面前。
大師拿起一只套到手指上旋轉，寶石放射出一道道閃光。
突然間，這只手鐲從他手中滑落，滾下堤岸，掉進水中。
「啊！」拉古納特失聲尖叫，跳進河水。
大師聚精會神地重念經文，河水藏住所獲之物，奔騰而去。
暮色茫茫，渾身濕淋淋的拉古納特回到大師身邊，
已是筋疲力盡。他氣喘吁吁地說：
「如果您告訴我手鐲落在哪裡，我還是能把它找回來的。」
大師拿起所存的一只手鐲，揮手扔進水裡，說：「就落在那裡。」

13

採取行動是為了時刻與你相遇。

我的旅伴！

是為了和著你落地的腳步歌唱。

被你呼吸觸擊的人，不會借助河岸的庇護而溜之大吉。

他會不顧一切地迎風揚帆，在洶湧澎湃的水面乘浪而行。

敞開門扉、邁開步伐的人，受到你的歡迎。

他不會停下來計較所得，或哀嘆所失；

他的心擂響了前進的鼓聲，因為這是與你並步出征。

我的旅伴！

14

在這個世界上，我最好的命運將得自於你的手中，

——這就是你的諾言。

因此，你的光輝閃爍在我的淚花之中。

我害怕別人為我引路，唯恐錯過了你，

因為你等在路角，打算做我的嚮導。

我任性地走自己的路，直至我的愚行把你引到我的門口。

因為你曾向我許諾，在這個世界上，

我最好的命運將得自於你的手中。

15

我的主啊，你的話語簡潔明晰，

可他們那些談論你的話語卻不是這樣。

我理解你群星的聲音，我領悟你樹木的沉寂。

我知道我的心靈將會像鮮花一般綻放；

我明白我的生命已在隱蔽之泉得到了充實。

你的歌聲如同冷寂雪原的鳥兒，

正盼著在溫暖的四月裡飛到我的心頭築巢，

而我痴情地等待這一歡樂的季節。

16

他們熟悉那條道路，沿著狹窄的小巷去尋找你，

但我徘徊在外面的黑夜裡，因為我愚昧無知。

我沒有受到足夠的教育，因而在黑暗中沒有產生對你的懼怕，

所以我不知不覺地踏上了你的門階。

聖賢對我叱責，要我離開，因為我不是順小巷而來的。

我疑慮重重地掉頭走開，

可你緊緊地拉住我，於是他們的責罵與日俱增。

18

不，不是你的力量促使蓓蕾開放出鮮花。

你搖晃花蕾，敲打花蕾；可你無力使它開放。
你的觸擊玷污了它，你撕碎了花瓣，拋撒於塵埃。
但沒有出現絢麗的色彩，也沒有散發馥郁的芬芳。
啊！不是由你把蓓蕾綻放成鮮花。

他能夠綻放花苞的，做起來輕而易舉。
他瞥上一眼，生命之液便顫動在葉脈之間。
他吹一口氣，花朵便展開羽翼，在風中撲動。
色彩泛溢，像心靈的熱望，芬芳洩露出一個甜美的祕密。
他能夠綻放花苞的，做起來輕而易舉。

19

經過酷冬的蹂躪，池中只剩下最後一朵蓮花，
花匠蘇達斯精心採下，來到皇宮門前向國王出售。
這時，他遇上的一個行人對他說：「請問這最後一朵蓮花價格
多少？我想把它買下獻給佛陀。」
蘇達斯說：「如果你肯付一枚金幣，就賣給你。」

恰在這時，國王走了出來，很希望買下這朵蓮花。
因為他這是出門朝拜佛陀，心想：「若是把這朵在寒冬開放的
蓮花胡在佛陀的腳下，倒是一件美妙的事情。」
當花匠說他已經收下一枚金幣時，
國王說他願出十枚，但行人又願出雙倍的價錢。

花匠很貪婪，心想，既然他們為了佛陀如此哄抬物價，
那麼一定能從他那兒得到更大的好處。
於是他鞠躬說：「這朵蓮花我不賣了。」

在郊外芒果園的濃蔭深處，蘇達斯站在佛陀的面前，
佛陀的唇上彌漫著無聲的愛，
眼中放射出寧靜的光，宛若潔淨如洗的秋空，掛著一顆啟明。
蘇達斯凝望著他的臉，
把蓮花放到他的腳邊，將頭磕到了地上的塵埃。
佛陀笑容可掬地問道：「我的孩子，你的願望是什麼？」
蘇達斯叫道：「只想碰一下你的腳。」

20

啊，黑夜，讓我做你的詩人吧，蒙上了面紗的黑夜！
有些人已經在你的陰影中默然無言地坐了好久好久，
讓我說出他們的心曲。

把我帶上你的無輪的戰車，
無聲無息地從一個世界駛向另一個世界，
你是時間宮殿裡的皇后，你有著朦朧的美姿！

許多疑慮的心靈隱祕地進入你的庭院，
在你沒有燈光的屋中漫遊，尋求答案。

從許多被未知者手中的幸福之箭射穿的心中，

爆發出歡樂的讚歌，震撼著黑暗的根基。

那些不眠的靈魂凝視星光想知道他們突然間發現的珍寶。

讓我做他們的詩人吧，哦，黑夜，吟詠你的深不可測的靜謐。

21

盡管歲月用懶散的塵埃擾亂我的道路，

但我終有一天會在我身上遇見「生命」，

——隱藏在我生命中的歡樂。

我已隱隱約約地認識了它，

它的忽有忽無的呼吸已經觸擊我的身體，

使我的思緒一時充滿馨香。

終有一天，我會在我身外遇見寓於光屏背後的「歡樂」。

我將站在無窮的孤獨中，那兒一切事物都被造物主看在眼裡。

24

漫漫黑夜，你的睡眠深深地居於我靜寂的存在中。

醒來吧，愛情的痛苦，

我不知道怎樣把門打開，只好站在門外。

時光在等待，星辰在觀看，

風兒已平息，我心中的靜寂如此沉重。

甦醒吧，愛情，甦醒吧！

注滿我的空杯，用輕輕的歌聲觸動平靜的黑夜。

25

清晨的鳥兒歡唱不息。
天還沒有破曉，嚴厲的黑夜仍用寒冷幽黑的手臂緊摟天空，
鳥兒從何弄來清晨的歌詞？

告訴我，晨鳥，
東方的使者怎樣透過天空和樹葉雙重的黑夜，
發現了通往你夢中的道路？
當你叫嚷「太陽升起、黑夜消逝」之時，
世界並不相信你說的話。
啊，沉睡者，快快醒來吧！
露出你的前額，等待第一道陽光的賜福，
帶著幸福的虔誠，和著晨鳥歡唱。

26

我身上的乞丐舉起瘦弱的雙手，伸向沒有星光的天空，
用飢餓的嗓音，對著黑夜的耳朵喊叫。
他是向盲眼的黑暗祈求，黑暗如墮落的神躺在孤寂無望的天宮。
企求的叫喊在失望的深淵回蕩，
悲號的鳥兒盤旋在空蕩蕩的巢穴。
但是，當凌晨在東方的邊緣拋錨停泊時，

我身上的乞丐便一躍而起，

大聲喊：「幸虧耳聾的黑夜拒絕了我——它已囊中空空了。」

他叫嚷：「啊，生命，啊，時光，你們彌足珍貴！但難能可貴的還有最終讓我與你們相識的歡樂！」

27

恆河邊上，薩納丹數著念珠禱告，

這時，一個衣衫襤褸的婆羅門教徒走到他的身邊，

說：「幫幫我吧，我這麼貧窮！」

「我的施捨之碗是我的全部財產。」薩納丹說，「我已經施光我所擁有的一切。」

「但我的主人濕婆托夢給我，」婆羅門教徒說，「建議我來找你。」

薩納丹突然回想起他曾拾到過一塊無價的寶石，

是在河岸的卵石中拾到的，

他想，也許有人需要它，因而就把它埋藏在沙土中了。

他把藏匿寶石的地點告訴了婆羅門教徒，

後者驚異地挖出了寶石。

婆羅門教徒坐在地上，獨自沉思，

直到太陽從樹梢落了下去，牧童趕著羊群返回家園。

這時，他站起身來，慢悠悠地走到薩納丹跟前，

說：「大師，有一種財富對世上的一切財富都不屑一顧，施給

我哪怕一點兒那樣的財富吧。」說罷，他把珍貴的寶石扔進了
水裡。

28

我一次又一次地來到你的門邊，舉起雙手，乞求更多、更多。
你一遍又一遍地給予，有時分量很輕，有時慷慨大方。
我接過一些，又讓一些掉落；
有些沉甸甸地躺在我的手上；
有些被我變成玩物，每當膩了的時候，我便將它們損壞；
直至殘骸和貯藏的贈品堆積如山，
把你遮掩，永無間斷的期望耗損了我的心靈。
拿去吧，啊，拿去──這是我現在的呼喊。
砸碎這只乞討碗裡的一切：
關掉這盞纏擾不休的觀察者的燈火；
牽住我的雙手，把我拉出你這堆仍在聚集的禮物，
進入你毫不擁擠的赤裸裸的無限之中。

29

你把我排到失敗者之列。
我知道我贏不了，可也離不開比賽。
我將一頭扎進池中，哪怕沉到池底。
我要參與這場使我失敗的比賽。

我將賭上我全部所有，
當我輸完最後一文，我就把我自己作為賭注，
然後我想，我將通過完全的失敗而獲勝。

30

你把我的心靈穿上破爛不堪的衣裳，
打發她去沿街乞討，這時，天空卻綻放出歡笑。
她挨門挨戶地乞討，有好幾次，當她的碗內快要盛滿時，
她又被搶劫一空。

疲憊的一天快要盡頭時，她手拿著可憐的乞討碗，
來到你宮殿的門口，你走上前去，牽起她的手，
讓她坐上寶座，坐到你的身邊。

31

「你們中間誰願承擔救濟飢民的重任？」
當什拉瓦斯蒂地區飢荒猖獗的時候，佛陀向門徒們問道。
珠寶商拉特納卡耷拉著腦袋說：「我的財富實在太少，豈能救濟那些飢腸轆轆的人們？」
皇家部隊首領賈伊森說：「為了災民，我即使獻出全部鮮血，也在所不惜，可是，連我自家的食物也不夠哇。」
擁有大量土地的達馬帕爾嘆息道：「乾旱像惡魔一般吸乾了我的田地，我還不知道怎樣交納國王的稅款呢。」

這時，托缽僧的女兒蘇普利雅站了起來。

她向大家鞠躬施禮，怯生生地說：「我願救濟飢民。」

「什麼？」大家驚奇地呼叫。

「你怎能履行這樣的重任？」

「我是你們中間最貧窮的一個，」蘇普利雅說，「這就是我的力量，在你們每位的家中都有我的財源和貯存的物品。」

32

我的國王不認得我，所以當他要求進貢時，

我無禮地想，我可以躲藏起來，不去支付這筆債務。

我逃避白晝的工作，躲開夜晚的夢幻。

但是他的要求跟蹤著我的每一聲呼吸。

於是我開始明白，我的國王認得我，我無處可躲。

現在我希望把我的一切奉獻到他的腳前，

在他的王國贏得我的立足之地。

33

我想我要塑造你，一個出自我生命的形象，來供世人崇拜，

這時，我帶來了我的塵土和願望，

以及我五彩繽紛的夢境和幻想。

我請求你用我的生命從你心中塑一個形象，來供你愛戀，

這時，你帶來了你的火與力，還有真實、可愛和寧靜。

34

「陛下，」僕從向國王通報說，「聖徒納羅丹從未厚意垂顧您的皇家神殿。他正在大路旁邊的樹下唱著聖歌，神殿裡沒有做禮拜的人了。他們聚集在他的身邊，像一群蜜蜂圍著一朵潔白的荷花，而對盛蜜的金壇不屑一顧。」

國王心中惱怒地來到坐在草地上的納羅丹身邊。

他厲聲問道：「師父，你為何離開我那黃金鑲頂的神殿，坐在門外的塵埃中讚頌上帝的仁愛？」

「因為上帝並不住在您那兒的神殿。」納羅丹答道。

國王皺起眉頭說：「你應該知道，為了建造那座藝術上的奇跡，我花費了兩千萬兩金子，而且還舉行了豪華的禮儀，把它奉獻給了上帝。」

「是的，這我知道。」納羅丹答道，「正是在那一年，成千上萬的黎民百姓房屋被燒無家可歸，徒然地站在您的門前，乞求幫助。因而上帝說：『這位可憐的國王，無法給自己的同胞解決避難之處，卻能為我建造殿堂！』所以他來到路邊的樹下，與無家可歸的人們生活在一起。那神殿成了一個黃金氣泡，除了高傲的熱氣，一無所有。」

國王憤怒地吼道：「離開我的國土！」

聖徒平心靜氣地說，「是的，放逐我到你已經放逐上帝的地方吧。」

35

號角躺在塵埃。

風已疲倦，光已死亡。

啊，不祥的一天！

來吧，戰士們，扛起你們的旗幟，

歌手們，唱起你們的戰歌！

來吧，朝聖者們，沿著征途快步行進！

躺在進塵埃的號角在等待著我們。

我帶著晚禱的祭品，正走在通往神殿的路上，

在飽嘗一天的折磨之後，去尋找一塊歇息的地方；

希望我的創傷能被治癒，身上的污斑能被洗淨，

這時，我發現你的號角躺在塵埃裡。

難道還不是為我點亮夜燈的時刻？

黑夜還沒有向星星唱過搖籃曲？

啊，你呀，血紅的玫瑰，我睡眠之花已經退色並且凋謝！

我確信我的漫遊已經結束，我的債務全部償還，

這時我突然發現你的號角躺在塵埃裡。

用你青春的咒符敲擊我沒有生氣的心吧！

讓我生命中的歡樂在火焰中熊熊燃燒吧。

讓覺醒的利箭刺透黑夜的心臟，

讓一陣恐怖震撼盲目和麻痺。
我已從塵埃中撿起你的號角。

我不再沉睡——我將步行穿越陣雨般密集的利箭。
有些人將跑出房屋，來到我的身邊，有些人將會哭泣。
有些人將在床上輾轉反側，在可怕的夢魘中發出呻吟。
因為今晚你的號角將被吹響。

我向你懇求寧靜，卻尋來了羞恥。
現在我站在你的面前——幫我穿上我的盔甲！
讓煩惱的沉重打擊把火焰射進我的生命。
讓我的心在痛苦中敲擊你勝利的戰鼓。
我將雙手空空地去接你的號角。

36

哦，美麗的神啊，
當他們欣喜若狂地揚起塵埃、玷污了你長袍的時候，
我也感到痛心疾首。
我向你呼喊：「拿起你的懲罰之棒，審判他們。」
晨光落向那些被夜晚的狂歡熬紅的眼睛，
有著潔白百合的地方迎接了他們燃燒的呼吸；
星辰透過神聖的深邃的黑暗，凝望他們痛飲，
凝望那些揚起塵埃玷污你長袍的人們，哦，美麗的神啊！

你的審判席設在花園裡，設在春鳥的鳴囀裡；
在綠樹成蔭的河岸，樹木悄聲細語，回答波浪低沉的轟響。

哦，我的愛，他們在情欲中沒有憐憫之心。
他們在黑暗中潛行，攫取你的珠寶飾物來滿足自己的欲望。
當他們打擊你、傷害你的時候，
他們也刺中我的痛處，我對你嚷叫：
「拿出你的利劍，哦，我的愛，好好懲治他們。」
可是，你卻有一顆警惕著的正義之心。
母親的眼淚為他們的蠻橫無禮而掉落；
情侶的不朽的忠貞把他們的背叛之劍藏進了自己的傷口。
你的審判包容於不眠之愛的沉默的痛苦、
貞潔者臉上的紅暈、孤寂者夜間的眼淚、
以及仁慈的蒼白的晨曦。

哦，可怖的神啊，
他們在肆無忌憚的貪婪中於深夜溜到你的門口，
竄進寶庫對你進行搶劫。
但是他們贓物的重量越變越沉，
重得使他們無法扛走，無法挪動。
因此我對你大聲喊叫：「寬恕他們吧，哦，可怖的神啊！」
你的寬恕在雷雨中爆發，
把他們打倒在地，把他們的贓物撒落在塵土。

你的寬恕滲透於隕落的雷石、如注的血流、憤怒的血色黃昏。

37

佛陀的門徒烏帕古普塔躺在馬圖拉城牆邊的地上酣然入睡。

燈火全部熄滅，門戶全都關閉，

星辰全都躲進了八月的陰沉的天空。

是誰的雙腳叮叮噹噹地響著腳鐲，突然觸擊他的胸膛？

他驀然驚醒，一個女人手中的燈光射到了他仁慈的眼睛上。

這是一位舞女，珠光寶氣，披著淡藍的斗篷，

陶醉於美酒般的青春之中。

她把燈火湊近，看到了一張端莊英俊的年輕臉膛。

「請原諒，苦行者，」女人說道，「請您光臨寒舍。這塵埃飛揚的地面不是你合適的溫床。」

苦行僧答道：「女人，走你的路吧；一旦時機成熟，我就會去找你的。」

突然，黑夜露出了鋥鋥發亮的牙齒。

雷電在天空轟鳴，女人嚇得瑟瑟發抖。

……

路邊樹木的枝丫經歷著花兒綻放時的陣痛。

在溫和的春天的空氣中，歡快的笛聲從遠處飄來。

平民百姓已經進入樹林，參加花卉的節日。

一輪圓月從半空中注目凝望寂靜城鎮的陰影。

年輕的苦行僧走在孤寂無人的街道，

頭頂上有害相思病的杜鵑，歇在芒果樹梢，

傾訴著夜不成眠的哀怨。

烏帕古普塔經過一道道城門，佇立在護城堤下。

城牆的陰影中，躺著一個染上了鼠疫的女人，

遍體斑痕，被匆匆趕出城外。這個女人是誰呢？

苦行僧在她身邊坐下，把她的頭放在自己的膝上，

用淨水潤著她的嘴唇，用香膏敷著她的全身。

「大慈大悲的人啊，你是誰呀？」女人問道。

「看望你的時機終於來臨，於是我就來了。」

年輕的苦行僧答道。

38

這只是我們之間愛情的嬉戲，我的戀人。

一遍又一遍，呼嘯的暴風雨之夜向我襲來，吹滅了我的燈；

黑色的疑惑聚集起來，從我的天空扼殺全部的星辰。

一遍又一遍，河堤倒坍，任憑洪水沖毀我的莊稼，

悲痛和絕望把我的天空撕得百孔千瘡。

這使我得知：在你的愛情裡自有痛苦的打擊，永無死亡的冷寂。

39

牆壁崩潰，光線像神聖的笑聲，闖了進來。

勝利，啊，光明！

黑夜的心臟已被撕碎！

用你寒光閃閃的利劍把纏繞的懷疑和虛弱的願望斬成兩段。

勝利！來吧，你這毫不寬容的光明！

來吧，你在一片潔白中顯得可怖。

啊，光明，你的鼓聲敲響在火的行進中，

紅色火炬已高高舉起；

在輝煌的閃射之下，死亡的氣息驟然消逝。

40

哦，火焰，我的兄弟，我向你歌頌勝利。

你是極度自由的鮮紅意象。

你在空中揮動雙臂，

你的手指迅疾地掠過琴弦，你的舞曲美妙動人。

當我歲月終結、大門敞開的時候，

你將把我手腳上的繩索燒成灰燼。

我的身軀將與你合為一體，

我的心臟將被捲進你狂熱的旋轉，

我的生命作為燃燒的熱能，

也將會閃爍發光、並且融入你的烈焰。

41

夜晚，船夫啟航，橫渡波濤洶湧的大海。

船帆鼓滿了狂風，桅杆痛得嘎吱作響。

天空被夜的毒牙咬傷，中了黑色恐怖之毒，昏倒在海面上。
一個個浪頭朝著無底的黑暗猛撞，船夫啟航橫渡怒吼的大海。

船夫已經啟航，我不知道他去奔赴什麼樣的約會，
那突然出現的一葉白帆，使黑暗也感到無比震驚。
我不知道他最終會在何處靠岸，
走向亮著燈光的寂靜的院落，尋找坐在地上等待的她。
一葉小舟，不畏風暴，不畏黑暗，它究竟尋求什麼？
也許，它載滿了寶石和珍珠？
啊，不，船夫沒有攜帶任何珠寶，
他只是手裡拿著一朵潔白的玫瑰，雙唇噙著一支歡歌。
這是獻給她的，她在這深夜裡，亮著燈光，獨自守候。

她就住在路邊的小屋裡。
她披散的秀髮迎風飄拂，遮擋了她的明眸。
狂風厲聲穿過她破舊的門縫，簡陋的燈盞搖曳著燈光，
把飄忽不定的陰影投向四壁。透過狂風的嚎叫，
她聽出他在呼喚她的名字，她不為人所知的芳名。
自從船夫啟航，已經過去很久了。
還要過很久，黎明才會降臨，他才會敲門。
誰也不會敲響鼓聲，誰也不會知曉他的來臨。
唯有陽光將會灑滿房屋，塵土將得到淨化，心靈將得到愉悅。
當船夫靠岸的時候，一切疑慮必將在寂謐中全然消失。

42

我緊緊依附著這片活生生的木筏——我的軀體，
漂流在我塵世歲月的狹窄的小溪。
當我渡過這一溪流，木筏便被我拋棄。
以後怎樣呢？
我不知道那兒的光明和黑暗是否一樣。

未知者是永恆的自由：
他在愛情方面不講憐憫。
他壓碎貝殼，尋找默默囚禁在黑暗中的珍珠。

可憐的心啊，你沉思默想，為逝去的歲月而哭泣！
請為即將來臨的日子而高興吧！
鐘已敲響，朝聖的人啊！
你該在十字路口作出選擇！
未知者將會再一前揭開面紗，與你相見。

43

國王賓比薩爾為佛陀的聖骨修建了一座聖陵，
用潔白的大理石表達敬意。
傍晚時分，王室所有的嬪妃公主都會來到這裡，
點燃燈火，敬獻鮮花。

王子當上國王之後，在位期間，
用鮮血洗劫了父王的信仰，用聖書點燃了獻祭的火焰。

秋日正在死亡。
晚禱的時辰已經臨近。
王后的侍女什里馬蒂對佛陀一片虔誠，
在聖水裡沐浴之後，用盞盞明燈和潔白的鮮花裝飾了金盤，
默默地抬起烏黑的雙眼，凝望著王后的臉龐。

王后噤若寒蟬，然後說：「蠢姑娘，你難道不知道，誰要是到
佛陀聖殿拜佛，一律處以死刑？這可是國王的意志啊。」

什里馬蒂向王后深鞠一躬，
轉身跨出門外，找到王子的新娘阿米塔，佇立在她的面前。
一面金光燦燦的鏡子放在膝頭，
新娘對著鏡子把烏黑的長髮編成辮子，
並在額頭的髮際點上一顆吉祥的紅痣。
她一看到年輕的侍女，就雙手顫抖地叫道：
「你想給我惹來何等可怕的災禍？立刻離開我。」

公主蘇克拉坐在窗前，伴著一抹夕陽，讀著愛情小說。
她看到侍女捧著祭品站在門口時，不禁大吃一驚。
書行膝上掉落在地，她對著什里馬蒂的耳朵悄聲地說：

「膽大的女人，你可不要去送死啊！」

什里馬蒂走過一扇又一扇門扉。
她昂起頭來，大聲嚷道：
「皇宮的婦女們，快來呀，拜佛的時辰到啦！」
有的當即關上房門，有的張口對她辱罵。

最後一線白晝的餘暉從宮殿的古銅圓頂上消逝而去。
深沉的陰影降落在街道的角落；城市的喧囂沉寂了；
濕婆之宙的鑼聲宣告晚禱時辰已經來臨。
秋夜，像平靜的湖面一般深沉，
黑暗中，星光顫動，這時，御花園的衛兵透過樹影，
驚訝地發現佛陀聖殿之前亮起一排明燈。
他們拔出利劍，飛奔而至，大聲喝道：
「蠢貨，你是什麼人，竟敢找死？」

「我是什里馬蒂，」一個甜蜜聲音答道：「是佛陀的奴僕。」
緊接著，她心口迸出的鮮血染紅了冰冷的大理石。
星辰寂然無語，聖殿前的最後一盞祭燈慘然熄滅。

44

站在你我之間的白晝，最後一遍鞠躬告辭。
夜罩起白晝的面紗，也遮掩了點在我臥室的一盞燈火。

你黑暗的僕人無聲無息地走了進來，為你鋪好婚毯，
好讓你與我單獨坐在無言的靜謐中，直至黑夜消逝。

45

我的夜晚在悲哀之床上度過，我的雙眼疲憊不堪。
我沉重的心還沒有準備用漫溢的歡樂去迎接凌晨。
用面紗罩起赤裸裸的燈光，
從我身邊揮走這耀眼的閃爍和生命的舞蹈。
讓你用溫柔黑暗的斗篷把我罩在褶層裡，
讓我的痛苦片刻隔離於世界的壓力。

46

我應該為我所得到的一切而報答她的時刻已經過去了。
她的夜晚找到了自己的清晨，你把她摟到你的懷裡；
我把我本該屬於她的感激和禮品奉獻給你。
我來到你的面前懇求寬恕，
寬恕我過去對她的全部傷害和冒犯。
我把我這些等待她打開的愛的蓓蕾也一起奉獻給你吧。

47

我發現我昔日的幾封書信精心地藏在她的盒子裡，
像幾份小小的玩物供她的記憶玩耍。

帶著畏怯的心，她試圖從時光的湍流中偷走這些玩物，

她說：「這些東西只屬於我！」

啊，現在無人要求占有這些信了，

誰會付出代價來對它們精心關照？

因而，它們原封不動地留在這裡。

在這個世界，定有愛的存在，不致於使她完全地失落，

就像她的這種愛，如此痴情地使這些信件珍藏下來。

48

女人啊，

把美和秩序帶進我這悲慘的生活中來吧，

猶如你活著的時候把它們帶進了我的家裡。

滌除時光的塵屑，盛滿空蕩蕩的水罐，修葺曾被忽略的一切。

然後打開神殿的內部大門，

點燃蠟燭，讓我們在神的面前默然相遇吧。

49

我的主啊，當琴弦調好之時，痛苦是何等巨大！

奏起樂曲吧，讓我忘卻痛苦；

讓我在美的享受中感知這無情日子裡你心中擁有的一切。

正在變淡的夜色仍逗留在我門口，讓她在歌聲中辭別吧。

我的主啊，在你星辰樂曲的伴奏下，

把你的心靈傾入我的生命之弦吧。

50

在瞬間的電光閃爍中，

我在我生命中看到了你巨大的創造力，

——歷經生死，從一個世界到另一個世界的創造力。

當我看到我的生命處在毫無意義的時刻，

我為我的毫無價值而哭泣，

但是，當我看到你的生命掌握在你的手中時，

我便知道這生命極其珍貴，不應該虛擲於陰影之中。

51

我知道，終有一天，

太陽將在暮色中向我作最後的告別。

牧童將在榕樹下面吹著長笛，

牲口會在河邊的山坡吃著草兒，

而我的日子將會溶進黑暗。

我的祈求是——在我離去之前，

讓我知道，為什麼大地召喚我投進她的懷抱；

為什麼她那夜間的寂靜向我敘述星辰的故事，

為什麼她的晨光把我的思緒親吻成花朵。

在我離去之前，讓我逗留片刻，

吟唱我最後的詩句，把它化為樂曲；

讓我點亮燈光，看一眼你的臉龐；
讓我織好花冠，戴到你的頭上。

52

那是什麼樂曲喲，能使世界合著它的節拍搖晃？
當它奏到生命之巔時，我們便大聲歡笑，
當它返回黑暗時，我們便蜷縮在恐懼之中。
相同的演奏，隨著永無止境的樂曲的節拍，
時而高昂，時而沉寂。

你把財富藏於掌心，我們叫嚷著我們被人搶劫。
可你隨心所欲地鬆開或捏緊你的掌心，得失相同。
你自己與自己玩著遊戲，你同時又輸又贏。

53

我已經用眼睛和雙臂擁吻了這個世界；
我已經把它一層又一層地包藏在我的內心裡；
我已經用思想淹沒了它的白晝和夜晚，
直至世界和我的生命合而為一。
我愛我的生命，因為我愛與我合為一體的天上的光明。

如果離開這個世界與熱愛這個世界一樣真實，
那麼，生命的相遇與分離必定意味深長。

假若愛情被死亡蒙騙，那麼這種蒙騙的毒素會腐蝕萬物，
繁星也會枯萎，黯然失色。

54

雲朵對我說：「我這就消散。」
黑夜對我說：「我這就投入火紅的朝霞。」
痛苦對我說：「我保持深深的沉默，如同他的腳步。」
生命對我說：「我在完美中死亡。」
大地對我說：「我的光芒每時每刻親吻著你的思想。」
愛情對我說：「時光流逝，但我等著你。」
死亡對我說：「我駕駛著你的生命之舟穿越大海。」

55

在恆河之畔，在人們焚化死者的淒寂之處，
詩人杜爾西達斯來回漫步，陷入沉思。
他發現一個婦女坐在丈夫的屍體旁邊，
身著艷麗的服裝，彷彿是舉行婚禮一般。
她看見詩人時，起身施禮，說：「大師，請允許我帶著你的祝
福，跟隨我丈夫前去天國。」
「為何這麼匆忙，我的孩子？」杜爾西達斯問道：「這人間不
也屬於造就天國的上帝嗎？」
「我並不向往天國，」婦人答道，「我只要我的丈夫。」
杜爾西達斯笑容可掬地說：「回家去吧，我的孩子。不等這個

月結束，你就會找到你的丈夫。」婦人滿懷幸福的希望，回到家裡，杜爾西達斯每天都去看她，以高深的思想促使她思索，直到她的心中充滿神聖的愛。

一月未盡，鄰居過來看她，問道：「妹子，找到丈夫了嗎？」

寡婦笑著答道：「是的，找到了。」

鄰居們急切地問道：「他在哪兒？」

「我的夫君在我心裡，已與我融為一體。」婦人答道。

56

你曾短暫地出現在我的身邊，

用宇宙心靈深處的巨大的女性奧祕將我觸動。

她呀，永遠歸還不盡上帝本人漫溢著的甜美；

她是自然界永遠清新的美麗和青春；

她在汨汨的溪水中翩翩起舞；

她在清晨的陽光裡唱著歡歌；

她用翻滾的波濤哺育著飢渴的大地；

在她身上，創世主一分為二，

既有難以遏制的歡樂，又充溢著愛情的痛苦。

57

她是誰呢？這個永遠孤獨淒涼的女人，居於我的心中。

我追求過她，但沒有贏得她。

我用花環為她裝飾，我用頌歌對她讚美。

她臉上蕩漾過瞬間的笑意，頃刻消失。
「我在你身上得不到歡樂。」她哭訴著。
好一個憂愁的女人。

我給她買了鑲著寶石的腳鐲；
我用綴滿珠寶的扇子為她扇風取涼；
我在純金床架上為她把床鋪好。
她的眼中閃爍著一線歡樂，但很快消亡。
「我從這些珠寶中得不到歡樂。」她哭訴著。
好一個憂愁的女人。

我把她扶到凱旋車上，驅車送她四處巡視。
一顆顆被征服的心拜倒在她的腳下，歡呼的聲音響徹雲霄。
瞬間的自豪在她眼中閃爍，接著在淚水中黯然消亡。
「我從征服中得不到歡樂。」她哭訴著。
好一個憂愁的女人。

我問她：「告訴我，你在尋找哪一位呢？」
她只是回答：「我在等待我叫不出名字的他。」
光陰荏苒，她在呼喊：
「我不認識的愛人何時來臨？讓我永遠認識他。」

58

你的光明是從黑暗中迸發而出，
你的善良是從掙扎的裂開的心口萌發出來。
你的房屋是向世界敞開，你的愛情是召喚人們奔赴戰場。

你的禮品是在萬物皆失的時分仍不失為一得，
你的生命是從死亡之穴中流出。
你的天堂是築在塵世之間，你為我也為眾人居住在那裡。

59

當我疲於奔命，又被酷暑弄得乾渴難忍的時候，
當黃昏的幽靈把陰影投向我生命的時候，
此時此刻呀，我的朋友，
我不僅渴望聽到你的聲音，而且渴望得到你的撫摩。

我的心中有著極度的痛苦，
因為承擔著沒有把財富交給你的重負。
穿過黑夜，伸出你的手來，
讓我握住它、填滿它、擁有它；
讓我在綿綿延伸的孤獨中，感覺到它的無摩。

60

芬芳在花苞裡呼喊：「啊，一天過去了，一個歡樂的春日，而
我卻被困禁在花瓣裡面！」
不要灰心喪氣，膽怯的東西！
你的鐐銬完全迸裂，花苞將綻放出鮮花，
即使你死在生命的旺盛時期，春光也將長存。

芬芳在花苞裡喘息、扑動、大聲叫嚷：「啊，時光流逝，我卻
不知我飄向哪裡，也不知道尋求什麼！」
不要灰心喪氣，膽怯的東西！
和煦的春風已偶然聽到你的心願，
不等白晝終結，你就會實現自己生存的使命。

她的將來是一片黑暗，芬芳在失望中叫嚷：「啊，我的生命這
般沒有意義，這究竟是誰的過錯？」
「誰能告訴我，為什麼我竟會這樣？」
不要灰心喪氣，膽怯的東西！完美的黎明即將迫近，
那時，你會把自己的生命與眾人的生命融為一體，
並且最終得知你生存的目的。

61

我的主啊，她還是個孩子。

她在你的宮殿奔跑嬉戲，而且還想把你也變成她的玩具。

當她的秀髮披落下來，當她隨便穿上的衣裳在地上拖曳，

她一概毫不介意。

當你對她說話，她便甜然入睡，不予回答——

你早晨贈送的那朵鮮花，也從她手裡滑落到地上。

當暴雨狂作，昏天黑地，她的睡意全然消失，

玩偶丟到地上，驚恐地緊緊偎著你。

她生怕她不能服侍你。

可你卻含著微笑觀看她做著遊戲。你了解她。

坐在地上的孩子是你命中注定的新娘；

她的嬉戲將會停息，並將化為深沉的愛戀。

62

「啊，太陽，除了天空，還有什麼能夠容納你的形象？」

「我夢見你，但我從不奢望侍奉你。」露珠哭泣著說，「我太渺小，偉大的主啊，無法載動你，而且我的生命全都是淚珠。」

於是太陽說：「我照亮廣闊無垠的天空，但我也能委身於一顆微乎其微的露珠。我將化為閃光，把你填滿。這樣，你小小的生命將會成為含笑的星球。」

63

我不需要那種不知節制的愛，它就像冒著泡沫的酒，
從杯裡漫溢而出，頃刻間化為廢物。

賜給我那種像你雨絲一樣清涼純淨的愛吧，
它賜福於乾渴的大地，注滿家中的陶罐。

賜給我那種能夠滲入心靈水處的愛吧，
而且又能從那兒滲開，
像看不見的樹液流經生命之樹，誕生出鮮花和果實。

賜給我那種使心靈充滿寧靜的愛吧。

64

一輪紅日落進了河流西邊的密林。
隱修院的孩子們已經放牧歸來，
圍坐在爐邊，傾聽大師高塔馬講經，
這時，一個陌生的少年走來，
向高塔馬致敬，獻上水果和鮮花，深深地伏在他的腳前，
用鳥兒一般婉囀悅耳的聲音說：
「大師，我來到這裡向您求教，讓您領我走上至誠之路。我的
名字叫薩蒂亞伽馬。」

「祝福你。」大師說。「孩子，你出身於什麼家族？只有婆羅門才配得上追求最高的智慧。」

「大師，」少年答道，「我不知道我出身於什麼家族。我去問我母親。」

說罷，薩蒂亞伽馬轉身離開，
他趟過淺淺的河水，回到母親的茅屋。

這間茅屋座落在寂靜村莊盡頭處的荒丘上。
屋內點著昏暗的燈火，母親站在門口的黑暗中，
等待著兒子的歸來。她把兒子緊緊地摟到懷中，
親吻著他的頭髮，詢問他求教的情況。
「親愛的媽媽，我父親叫什麼名字？」孩子問道。
「高塔馬大師說，只有婆羅門才配得上追求最高的智慧。」
這位婦人垂下眼睛，低聲說道：「我年輕時，是個窮苦人，侍奉過許多老爺。寶貝兒，你來到你媽媽賈巴拉懷裡的時候，你媽媽還沒有丈夫。」

初升的太陽在隱修院的樹梢上閃耀著光輝。
古樹下，弟子們坐在師父面前，
晨浴之後，他們蓬亂的頭髮仍舊濕淋淋的。
薩蒂亞伽馬走了過來。他伏到聖人的腳前，深深地致禮。
「告訴我，」大師問道，「你出身於什麼家族？」

「師父，」少年答道，「我不知道。我問我母親時，她告訴我說：『我年輕時侍奉過許多老爺，你來到你媽媽賈巴拉懷裡的時候，你媽媽還沒有丈夫。』」

頓時，像受到驚擾的蜂箱爆發起一陣憤怒的嗡嗡聲，

弟子們喊喊喳喳地咒罵這位被遺棄者的不知羞恥的狂言。

大師高塔馬從座位上站了起來，伸開雙臂，把這個孩子一把摟到自己的懷裡，說：「我的孩子，你是最好的婆羅門。你繼承了最高尚的誠實。」

65

也許在這座城裡，

有一間房屋今晨在旭日的撫摩下永遠敞開了門戶，

光明在此完成了自己的使命。也許就在今晨，

有一顆心靈在籬邊和花園的鮮花叢中，

發現了無盡的時光送來的禮品。

66

我的心啊，聽著，

他長笛吹奏的樂曲有著野花的芬芳，

有著晶瑩滴翠的綠葉和碧波粼粼的溪水，

還有回響著蜜蜂輕輕振翅的濃蔭。

長笛從我朋友的唇上竊取了微笑，

並把笑聲擴展到我的生命之中。

67

你居於我的內心深處，因此，每當我的心兒徘徊之時，
她無法發現你；你始終隱瞞於我的愛情和希望，
因為你總是存在於它們之中。
你是我青春遊戲中的最深沉的歡欣，
每當我沉溺於遊戲之時，歡欣便會流逝。
你在我生命的狂歡時分曾經對我歌唱，
可我竟忘了給你合上一曲。

68

當你把明燈舉在空中，
燈光灑在我的臉上，陰影卻落到你的身上。
當你在我心中舉起愛情之燈，
燈光落到你的身上，我則留在後面的陰影中。

69

歡樂從全部世界奔赴而來，建構了我的軀體。
天上的光芒把她親吻了一遍又一遍，直至把她吻醒。
匆匆奔馳的夏季的花朵，和著她的呼吸讚嘆，
颯颯的風聲和潺潺的流水，和著她的運動歌唱。
雲朵和森林裡的五彩繽紛的激情，
如潮水一般流入她的生命，

萬物的音樂把她的手足撫摸得婀娜多姿。

她是我的新娘——她在我的屋中點亮了燈光。

70

陽春攜帶著綠葉和鮮花走進了我的生命。

整個清晨，蜜蜂在那兒嗡嗡吟唱，

春風懶悠悠地同綠蔭嬉戲。

一股甜蜜的泉水從我內心深處奔騰而出。

我的雙眼被喜悅洗得純淨清澈，

猶如經過朝露沐浴的清晨；

生命在我的四肢躁動，猶如發出聲響的琴弦。

啊，我無限時光的愛侶，

是你在我波濤洶湧的生命之岸獨自徘徊？

是我的美夢在你身邊飛來飛去，

猶如一隻隻翅膀絢麗多彩的飛蛾？

是你的歌聲迴蕩在我生命的黑暗的洞穴？

除了你，誰能聽見今天血液在我脈搏裡發出急促地響動？

誰能聽見我胸口歡快的舞步、

以及在我體內振翅撲打的生命發出永無安寧的喧囂？

71

我的鎖鏈已被軋斷，我的債務已經償還，

我的大門已經敞開，我可以奔向任何地方。

他們蜷縮在角落，編織著蒼白的時間之網，
他們坐在塵埃中數著硬幣，呼喚我返回。
但我的利劍已經鍛造，我的盔甲已經穿好，
我的戰馬急於奔跑。我一定會贏得我的王國。

72

就在前不久，我赤裸裸地來到你的大地，
無名無姓，只帶著一聲哭叫。
今天，我的聲音變得歡快，
而你，我的主啊，卻閃在一旁，讓出空間供我充實生命。
甚至在我向你奉獻讚歌的時候，我也暗懷希冀，
盼望這些讚歌能把世間的人們引到我身邊，將我深深地愛戀。
你會欣喜地發現，我熱愛你送我而來的這個世界。

73

我曾膽怯地畏縮在安全的庇蔭中；
但現在，當幸福的波濤把我的心兒推到浪峰的時候，
我的心緊緊依附著它煩惱的殘忍的礁石。

我獨坐在屋子的一隅，心想：狹窄的斗室容納不下任何客人；
但現在，當門扉被不期自至的歡樂旋開的時候，
我發現這兒不僅能夠容納你，也能容納整個世界。

我曾步履輕盈地走路，細心保護經過打扮、香氣馥郁的容顏；
但現在，當一陣幸福的旋風把我捲倒在塵土裡的時候，
我會像孩子一般，歡快地滾動在你腳前的地面。

74

世界一度屬於你，也永遠屬於你。
因為你毫無匱乏，我的君王，
所以你的財富不會給你帶來什麼歡樂。
你的世界彷彿空無所有。
因此，經過緩慢的時間，你把屬於你的給予我，
在我身上不停地贏得你的王國。
日復一日，你從我的心中買得高高日出，
你發現你的愛塑造成我生命的形象。

75

你把歌曲獻給了鳥兒，鳥兒也以歌曲向你報答。
你只把歌喉賜予了我，可你向我索取得更多，所以我得歌唱。
你把你的風造就得靈巧輕盈，
因此它們敏捷輕快地為你奔波。
可你卻使我的雙手沉重難提，又讓我自己減輕重負，
最終能夠身手輕巧、無拘無束地為你效勞。
你創造了你的大地，又用一片一片的殘光填注陰影。
你就此停下來，留下我雙手在塵土上建造你的天堂。

你對於眾生都是給予；對於我，卻只是索取。
我生命的成果在陽光雨露中成熟，
直至收穫多於你的播種，使你心中充滿喜悅，
哦，金色穀倉的主人啊。

76

別讓我為免遭危難而祈禱，而讓我無所畏懼地面對危難。
別讓我為止息痛苦而懇求，而讓我能有一顆征服痛苦的心。
別讓我在生命的戰場尋找盟友，而讓我竭盡全力地奮鬥。
別讓我在焦慮恐懼中渴望拯救，而讓我希求耐心來贏取自由。
答應我吧，別讓我成為懦夫，只在成功之時感知到你的恩典；
而讓我在失敗之時發覺你雙手的握力。

77

你孤身幽居時，並不了解你自己，
當疾風從此岸吹向彼岸時，也無須傳送一聲急切的呼喚。

我來了，你就醒了，空中霞光萬道，恰似繁花怒放。
你在繁花中綻開了我，又在千姿百態的搖籃裡搖我入眠；
你在死亡中把我藏匿，又在生命中將我發現。

我來了，你心潮起伏，悲喜交集。
你撫摩我，我感受到愛的顫動。

但我的眼中蒙上了一層羞澀，

我的胸口閃現著一縷恐懼；我的臉龐遮在面紗裡，

我看不見你的時候，忍不住低聲抽泣。

然而我知道，在你的心中，有著想與我會面的無底的渴望，

它伴隨著朝霞日復一日地叩門，在我門口永無止境地呼喊。

78

在永無窮盡的守望中，你傾聽著我越來越近的足音。

你的歡樂聚集在晨曦之中，又驟然噴放成束束光芒。

我越是挨近你，大海的狂舞越是激昂。

你的世界是一束由光線織就的花梗，

捧在你的手裡，而你的天堂卻在我祕密的心底；

它在羞澀的愛情中，一瓣一瓣地綻開花蕾。

79

當我獨自一人、坐著靜思的時候，

我會情不自禁地喊出你的名字。

我會喊出你的名字，不用言詞，也不抱有任何目的。

因為我像一個孩子，上百遍地呼喚母親，

為自己會叫「母親」而怡然自得。

80

1

我感覺到一切星辰都在我心中閃閃發光。

世界如同洪流湧進了我的生命。

百花在我體內紛紛綻放。

陸地和水域的全部青春活力，像一縷香火自我心中升起；

大地萬物的呼吸吹拂著我的思緒，宛若吹奏長笛。

2

當世界進入夢鄉之時，我來到你的門口。

繁星默不作聲，我也不敢放聲歌唱。

我等著觀望，直至你的身影掠過夜的陽台，

於是我心滿意足地返回。

然後在清晨，我在路邊歌唱；

籬邊的束束鮮花應和我的歌聲，晨風側耳傾聽。

旅人驀然駐足，盯著我的臉，以為我呼喚過他們的名字。

3

把我留在你的門邊，隨時聽命於你的心願，

讓我接受你的召喚，在你的王國四處奔走。

別讓我在沉悶的深淵裡陷身並且消逝。

別讓我的生命被空虛無聊撕成碎片。

別讓那些懷疑——那些擾亂人心的灰塵把我圍困。

別讓我費盡心機地去積聚財物。

別讓我扭曲自己的心靈來屈從於多數人的支配。

讓我挺起腰杆，為做你的僕從而無尚自豪。

81

水手

你是否聽見遠方的死亡的喧囂？

你是否聽見從火海和毒雲中傳來的呼叫？

——是船長要舵手把船兒轉向一個未知的海岸，

因為在港口停滯的時間已經過去，

在這港口，同樣的老貨物循環不息地買進賣出，

在這港口，僵死之物漂浮在枯竭和虛無的真實之中。

他們從突然的恐懼中驚醒，問道：

「伙伴們，鐘已敲過幾點？黎明何時才會降臨？」

烏雲滾滾，遮暗了星空——

有誰能夠看見白晝在招手示意？

他們持槳跑了出來，床鋪空了，

母親在祈禱，妻子站在門邊默默觀望：

一陣別離的慟哭衝上雲天。

黑暗中又傳來船長的呼叫：

「水手們，啟航啦，停在港口的時間已經完啦！」

世界上所有的黑色邪惡都已經泛濫成災，

然而，水手們啊，各就各位吧，

把悲哀的祝福埋在心靈深處！兄弟啊，你們責怪誰呢？

低下頭吧！這是你們的罪孽，也是我們的罪孽。

上帝心中多年增長的熱量——弱者的懦怯、強者的驕橫、

富貴者的貪婪、受害者的怨恨、

種族的驕傲、對人的侮辱——已經衝破上帝的平靜，

在暴風雨中怒吼。讓暴風雨撕碎自己的心，

像撕開一個成熟的豆莢，並且化作四散的雷霆。

閉上你們的嘴巴，別再誹謗他人，吹噓自己。

在額頭上印下默默祈禱的寧靜，駛向那無名的彼岸。

我們每天遇見罪孽，遇見死亡；

它們像雲塊掠過我們的世界，

以倏忽即逝的閃電的狂笑來對我們嘲弄。

突然間，它們停止狂笑，變得令人驚恐。

人們必須站在它們的面前，說：「我們不怕你，嗨，魔鬼！因
為我們全憑征服你，活過了一天又一天，我們即使死亡，也抱
著堅定的信念：和平是真實的，善是真實的，永恆的上帝也是
真實的！」

如果永生並不居於死亡的心裡，

如果愉快的智慧沒有從悲哀之鞘綻放出鮮花，

如果罪孽並沒有死於自我暴露，

如果驕傲沒有壓倒在虛榮的重負之下，

那麼，驅使這些水手跑出家園的希望又是從何而來？

如同繁星在曙光中匆匆奔向死亡？

難道殉難者的鮮血和母親的淚水，

將完全地喪失在大地的塵埃之中？

他們付出這樣的代價也無法贏得天堂？

難道凡人突破肉體束縛的時刻，

不正是無束的上帝顯現自己的時分？

82

失敗者之歌

我佇立路邊的時候，我的主人吩咐我唱一支失敗之歌，

因為失敗是他暗中追逐的新娘。

她已蒙上黑色的面紗，不讓人群看見她的臉龐，

但她胸前的珠寶在黑暗中閃閃發光。

她被白晝所遺棄，

而上帝的夜晚卻以點亮的燈火和被露珠滋潤的鮮花等待著她。

她低垂著雙眼，默然無言，她已把家庭拋在身後，

而夜風不時地從她的家中傳來哀哭。

但是，面對一張因羞澀和痛苦而無比嬌美的臉龐，

繁星唱起一支永恆的戀歌。

孤寂的居所已經把門打開，呼喚的聲音已經響了起來，

黑夜的心臟因即將來臨的幽會而懍然顫動。

83

感恩

行走在傲慢之路上的人們，踐踏著地位低賤者的生命，

他們那沾滿鮮血的足跡覆蓋了大地的嫩綠。

讓他們去歡慶自己的今天吧，主啊，謝謝你。

我所感激的是，我的命運與遭受苦難、

忍負權貴欺壓的卑賤者聯到了一起。

他們在黑暗中捂著淚眼，飲泣吞聲。

因為他們每一次痛苦的抽噎，

都使你祕密的黑夜之心驟然悸動，

他們所受的每一次侮辱都匯入你巨大的靜謐。

但明天是屬於他們的。

啊，太陽，從滴血的心上冉冉升起吧，

綻放出一束束黎明的鮮花，

讓傲慢狂歡的火炬畏怯地化為灰燼。

泰戈爾簡介

羅賓德拉納特・泰戈爾（1861～1941年）

　　羅賓德拉納特・泰戈爾（1861年5月7日－1941年8月7日），孟加拉族人，是一位印度詩人、哲學家和反現代民族主義者，1913年，他以《吉檀迦利》成為第一位獲得諾貝爾文學獎的亞洲人。

　　在西方國家，泰戈爾一般被看作是一位詩人，而很少被看做一位哲學家，但在印度這兩者往往是相同的。在他的詩中含有深刻的宗教和哲學的見解。對泰戈爾來說，他的詩是他奉獻給神的禮物，而他本人是神的求婚者。他的詩在印度享有史詩的地位。他本人被許多印度教徒看作是一個聖人。

生平

　　泰戈爾出生於印度加爾各答一個受到良好教育的家庭，他的父親戴賓德納特‧泰戈爾是一位望族，也是印度教宗教領袖。泰戈爾是家中的第14子。

　　泰戈爾8歲開始寫詩，12歲開始寫劇本，15歲發表了第一首長詩《野花》，17歲發表了敘事詩《詩人的故事》。1878年赴英國倫敦大學學院（UCL）留學，1880年回國專門從事文學活動。1886年，他發表《新月集》，成為印度各級學校必選的文學教材。在這段期間，他還撰寫了許多抨擊英國殖民統治政論文章。

　　泰戈爾在印度獨立運動的初期支持這個運動，但後來他與這個運動疏遠了。為了抗議1919年阿姆利則慘案，他拒絕了英國國王授予的騎士頭銜，他是被統治的印度第一個拒絕英王授予的榮譽的人。

　　他反對英國在印度建立起來的教育制度，反對這種「人為」的、完全服從的、死背書、不與大自然接觸的學校。為此他在他的故鄉建立了一個按他的設想設計的學校，這是維斯瓦‧巴拉蒂大學的前身。

　　泰戈爾做過多次旅行，這使他了解到許多不同的文化以及它們之間的區別。他對東方和西方文化的描寫至今為止是這類描述中最細膩的之一。1941年，泰戈爾在其生日留下控訴英國殖民統治和相信祖國必將獲得獨立解放的著名演講《文明的危

機》，數個月後與世長逝，享年80歲。

文學成就

除詩外泰戈爾還寫了小說、小品文、遊記、話劇和2000多首歌曲。他的詩歌主要是用孟加拉語寫成，在孟加拉語地區，他的詩歌非常普及。他的散文的內容主要是社會、政治和教育，他的詩歌，除了其中的宗教內容外，最主要的是描寫自然和生命。在泰戈爾的詩歌中，生命本身和它的多樣性就是歡樂的原因。同時，他所表達的愛（包括愛國）也是他的詩歌的內容之一。

印度國歌《人民的意志》和孟加拉國國歌《金色的孟加拉》都使用了泰戈爾的詩。威爾弗雷德・歐文和威廉・勃特勒・葉芝被他的詩深受感動，在葉芝的鼓勵下，泰戈爾親自將他的《吉檀枷利》（意即「飢餓的石頭」）譯成英語，1913年他為此獲得了諾貝爾文學獎。

泰戈爾是印度近代中、短篇小說的創始人。他的小說多取材於孟加拉河流域，多以抨擊殖民主義統治，斥責封建道德習俗為主題。《太陽與烏雲》、《飢餓的石頭》、《妻子的信》都是永遠受人喜愛的名篇。世人一致認為長篇小說《沈船》、《戈拉》是泰戈爾長篇小說的代表作，是孟加拉文最偉大的小說。《沈船》通過青年大學生羅梅西曲折複雜的戀愛、婚姻故事，揭示了封建婚姻制度與爭取婚姻自主的青年男女之間的尖

銳矛盾，批判了包辦婚姻以及青年男女婚前不允許見面的陋習。《戈拉》則通過著力塑造愛國知識分子戈拉的形象，提出了克服宗教偏見，實現各民族解放才是愛國主義的課題。兩部小說所提出的問題，都是當時印度社會迫切需要解決的問題，具有重要的現實意義。

思想

泰戈爾的思想植基於古印度的泛神論，吸收了《奧義書》和《神贊》裏人神一體、人我交融的哲學，用詩的語言，對生命加以肯定和禮讚。在他的詩歌中，泰戈爾也表達出了他對戰爭的絕望和悲痛，但他的和平希望沒有任何政治因素，他希望所有的人可以生活在一個完美的和平的世界中。

作品

泰戈爾以他的詩集聞名，不過他也寫過小說、評論、短篇故事、遊記、劇本以及上千首歌。在泰戈爾的散文中，短篇故事是最受大家重視的。他的作品以其節奏、流暢及樂觀著稱。許多的故事都是來自看似簡單的題材：平民。泰戈爾非小說的作品中包括了歷史、語言學及性靈層面的事物。泰戈爾有寫過他的自傳，他的遊記、評論及演講彙編成幾卷，包括Europe Jatrir Patro（來自歐洲的信）及Manusher Dhormo （人的信

仰）。他和愛因斯坦的談話 "Note on the Nature of Reality" 放在附錄中。在泰戈爾誕辰150週年時，他所有的作品依年代順序以孟加拉語出版，其中包括他的所有作品，總共約八卷。2011年時哈佛大學出版社和維斯瓦・巴拉蒂大學一起出版了《The Essential Tagore》，是泰戈爾作品英文選集中最完整的一份。

詩集

■《故事詩集》（1900）
■《吉檀迦利》（1910）
■《新月集》（1913）
■《飛鳥集》（1916）
■《流螢集》（1928）
■《園丁集》（1913）
■《邊緣集》（1938）
■《生辰集》（1941）

小說

■短篇《還債》（1891）、《棄絕》（1893）、《素芭》（1893）、《人是活著，還是死了？》（1892）、《摩訶摩耶》（1892）、《太陽與烏雲》（1894）
■中篇《四個人》（1916）

■長篇《沉船》（1906）、《戈拉》（1910）、《家庭與世界》（1916）、《兩姐妹》（1932）

劇作

　　■《頑固堡壘》（1911）
　　■《摩克多塔拉》（1925）
　　■《人紅夾竹桃》（1926）

散文

　　■《死亡的貿易》（1881）
　　■《中國的談話》（1924）
　　■《俄羅斯書簡》（1931）

歌曲

　　■印度國歌《人民的意志》
　　■孟加拉國歌《金色的孟加拉》

評價

　　作家冰心：「泰戈爾是貴族出身，家境優越，自幼受過良

好教育。他的作品感情充沛，語調明快，用辭華美。格調也更天真，更歡暢，更富神祕色彩。而紀伯倫是苦出身，他的作品更像一個飽經滄桑的老人在講為人處世的哲理，於平靜中流露出淡淡的悲涼。」

國家圖書館出版品預行編目資料

```
泰戈爾詩集，林郁主編，
  初版，新北市，新視野 New Vision，2019.09
    面；  公分 --
    ISBN 978-986-97840-7-8（平裝）


867.51                              108010909
```

泰戈爾詩集

主　　編　林郁
出　　版　新視野 New Vision
製　　作　新潮社文化事業有限公司
　　　　　電話 02-8666-5711
　　　　　傳真 02-8666-5833
　　　　　E-mail：service@xcsbook.com.tw

印前作業　東豪印刷事業有限公司
印刷作業　福霖印刷有限公司

總 經 銷　聯合發行股份有限公司
　　　　　新北市新店區寶橋路 235 巷 6 弄 6 號 2F
　　　　　電話 02-2917-8022
　　　　　傳真 02-2915-6275

初版一刷　2019 年 09 月